你所不知道的中关村

中国青年报社 编著

中国青年出版社

《你所不知道的中关村》编委会

主　任：郭　洪

副主任：杨建华　　张　坤

编　委：孙双琴　李　焱　堵　力　李丽萍　原春琳
　　　　李洁言　李　健　付豪杰　方　澜　雷　宇
　　　　王　倩　李永辉　孙　莹　王金波　马利霞
　　　　张　雯

序　言

2011年初春，中关村又一次汇聚全社会的目光。

先是中关村"1+6"先行先试政策全面实施，《中关村国家自主创新示范区发展规划纲要（2011-2020年）》获得国务院批复并正式印发。随后，全国人大审议通过的国家"十二五"规划纲要明确提出："把北京中关村逐步建设成为具有全球影响力的科技创新中心。"

这意味着，中关村又迎来新一轮发展机遇，踏上一条向"世界的中关村"迈进的道路。

从陈春先1980年创办第一家公司开始，作为高科技代言的中关村已经走过了30多年历程。这30多年里，它一直被寄予着探索中国特色自主创新道路的厚望，肩负着把"中国制造"变成"中国创造"的使命。伴随着计算机和互联网的普及，中关村的名字和形象早已深入人心。这里发生的传奇，这里孵化的企业，这里开发的产品，这里造就的英雄，许多被大众所熟知并津津乐道。

但是，中关村在创新的路上也是一路蹒跚、曲曲折折。这里风光无限，但也曾暗淡迷茫；这里有一夜暴富的神话，也有创业失败的悲歌；这里有很多技术转化成了生产力，改变着我们的生活，但也有很多成果被束之高阁，无人问津；这里强调国际化、全球化，但为了维护国家利益也上演了一幕幕激烈的争夺战。

2011年3月始，在中关村管委会的支持下，《中国青年报》开辟专栏"你所不知道的中关村"，派出十余名记者历时一年深入中关村的企业，记录了近十年来中关村一些鲜为人知的人和事，梳理了创业者们走过的漫漫创新路，更关注未来中关村如何与美国硅谷力争高下，实现"中国创造"。

本书由该专栏结集而成，忠实再现了中关村创业者们创新创业的心路历程、科技产品新鲜出炉的背后故事，突出展示了中关村这片战略性新兴产业策源地上的大千世界，讴歌了中关村为国家经济社会发展和科技进步所作的卓越贡献。

"日月之行，若出其中；星汉灿烂，若出其里。"这是一个伟大的时代对伟大民族的召唤，这更是一个伟大的民族对战略引擎的召唤。记录下这些民族和时代的最强音，将感召和激励更多志存高远的青年加盟中关村，在这里激扬青春，放飞智慧，使中华民族以更卓越的姿态屹立于世界民族之林。

徐文新

中国青年报社社长

CONTENTS 目 录

C 中关村精神

探寻中关村精神和文化脉络，聚焦中关村精神和文化的积淀与传承

中关村英雄

探寻中关村自主创新领军人物、技术带头人和创业名人那些鲜为人知的创业故事和创业历程

栽下梧桐树，引得凤凰来。人才是中关村发展最宝贵的资源，创业者是中关村发展最鲜活的灵魂。

他们都是这个时代的英雄，无论成功与失败。他们中有官员的破釜沉舟成功转型，也有草根的艰辛创业苦尽甘来；他们曾经风光无限，但也曾暗淡迷茫；他们中有一夜暴富的神话，也有创业失败的悲歌。

让我们走近他们，一起探寻发生在中关村里的那些伴随他们成长的鲜为人知的创业故事和心路历程。

爱国者冯军：执著造梦师

"那是1992年8月8日"，将近20年过去，眼前一身唐装憨态可掬的冯军依然能对创业起步的日子稍加思索，脱口而出。

"冯五块"的故事成为华旗资讯集团总裁冯军最早的传奇。

这位清华大学土木工程系的毕业生被分配到了北京建筑工程总公司，在家人和同学的眼中，他无疑会有一个看起来光明的前景：专业对口并且能够留在北京，工作单位也让人羡慕。

没有谁会想到，这个"好孩子"到了新单位，从报到到辞职只用了不到半个小时，丢掉了到手的铁饭碗，怀揣220块钱一头闯入了中关村。

从卖键盘做起，只要能挣5块钱，他就愿意踩着平板三轮车把货送到买主家门口。几个月里，中关村回响着他的叫卖声，中关村白颐路上知道"冯五块"的人，远比知道冯军的多得多。他自己建立的品牌"小太阳"也受到欢迎，甚至出现了仿冒者。

从只赚5块钱的生意起步，而今，冯军旗下的品牌"aigo爱国者"，已经成长为中国数码第一品牌，年营业额达到10多亿元人民币。

一路走来，这个对外总是谦逊"不要神话我，我就是一个普通人"的中国数码科技的领军人，在一起创业打拼十数年的朋友看来，却是"一个执著的造梦师，甚至不怕头撞南墙"。

创业之初，曾有一个北京理工大学毕业的合作伙伴，因为"觉得丢脸"、"怕同学看见"选择了放弃，而冯军却坚持下来。

上个世纪90年代初的中关村，有上千家做电子的企业。"走私"是一个众人皆知心照不宣的秘密。

冯军也眼红，虽说自己是"机箱大王""键盘大王"，可是一个机箱一个键盘才挣5块钱，看看人家，又轻松又不用蹬三轮，一提兜进来就赚几百万，"当你拿到了货源，基本上你就可以理解为你的利润实现了，卖一个走私内存条，利润是上百倍的。"有人这样回忆。

可冯军还是老老实实做着自己的"五块钱"生意。有人不解和质疑，甚至有人说冯军很傻，但当冯军的追随者们看到，很多企业几天壮大，又在几个月后消失，他们开始理解冯军执著坚守的"高明之处"。

1996年，冯军给自己的公司取名"爱国者"，"我们的梦想，就是要把爱国者这个品牌建成一个令国人骄傲的国际品牌。"

其时的IT产品大多有一个洋气的名字，所有人都说冯军有病，"现在无数人说你好聪明啊，起这么好的名字，15年前是没人要的名字，这就是一个坚持。"

这些似乎都能在冯军的少年成长路上找到一些印记：冯军的高中时代，单科考试从来没有第一，初中甚至是在普通班，"我是一个很笨的人，唯一赢就赢在坚持了，我一心放在学习上，可能不断有人分心了。"最终，那一届只有他走进了清华大门。

爱国者在数码相机领域的战斗则是冯军人生中浓墨重彩的一笔。

在国内一个赫赫有名的IT企业放弃数码相机的研发时，冯军选择了坚持，甚至有几年总是投入性地亏损，他这样鼓舞员工，"这么大的市场，不能没有中国自己的品牌。"

2007年11月22日，爱国者成为首个进驻奥林匹克博物馆的中国高科技品牌，被铭刻在奥林匹克博物馆的荣誉墙上；2009年，爱国者冲入数码相机市场的前5位，成为国内数码相机市场仅存的一个中国民族品牌。与此同时，由于爱国者数码相机的存在，迫使日系品牌全面降价。有媒体分析，"仅此一项，一年替中国人民节省几十亿元的开支"。

有关爱国者的最新争议是它的哥窑相机。

冯军去法国，看到很多人排队购买LV包。LV既有历史又有文化，通过商业把它变成了一个奢侈品的品牌，"中国能不能有自己的奢侈品品牌呢？"

他选择了哥窑相机。哥窑是中国宋代五大名窑之一，其独特的冰裂纹让每款都独一无二。哥窑数码相机，运用爱国者拥有专利的"温压时同控技术"确保相机每一款外观纹路均自然生成，独一无二，是数码相机工艺的一次革命创新，也是传统文化与现代科技的完美融合。

但目前，与冯军始终不渝的执著坚守相伴随的，则是外界对其理念和业绩的质疑。

这些都无法羁绊冯军向前的步伐，因为他还有一个更大的梦。

2008年北京奥运会期间，当媒体记者问及为何要保留华旗与爱国者双品牌的时候，冯军反问道："你知道松下和索尼吗？"还没等对方回答，冯军解释："松下是日本的左脸，索尼是日本的右脸。我希望华旗成为中华民族的一面旗帜，是中国的左脸；而爱国者呢，则是中国的右脸。"

雷 宇　刘 涓
（原载《中国青年报》2011年3月28日第3版）

TD联盟秘书长杨骅：
不轻言失败的光头掌门

在中关村成千上万的企业中，TD联盟有点不一样，严格地说它不算个企业，只是通信产业链中各环节企业的联盟，如果不是最近4G通信技术炒得火热，普通公众知道它的人并不多。但在国内通信行业，它却能量巨大。连横众多企业，TD联盟不仅让我国自主的3G标准——TD-SCDMA从纸上变成现实，还使我国主导的4G标准成为国际标准之一。

执掌这个产业联盟的杨骅，也和一般的企业家有些不同。更多的时候，这位50多岁的光头掌门思考的不是一个企业的战略发展，而是如何破解一个个难题，协调整个产业链上各方的关系，推动移动通信产业链整体创新能力的提升。

出生在北京，从小在古都西安长大，杨骅性格里既有北京人的激情，又秉承了西北人特有的耿直，说话赤裸裸直通通，有点认死理儿，什么事情一旦认准，很难改变主意，总会想方设法去完成。

早年在部队里，因为这样的性格，杨骅总忍不住在领导讲完话之后补充几句，所以"并不太招领导喜欢"，后来，担任TD联盟的秘书长，杨骅还是很难改掉这股子"有点死心眼儿"的韧劲。

最初动议成立TD联盟时，一项最关键的工作就是游说企业"入伙"。当时TD面临的大环境异常艰难。在国际三大3G标准中，CDMA2000和WCDMA在一些发达国家已经进入商用。在国内，许多运营机构的工作人员都已经被掌握着这两个标准的公司培训过了。相较之下，TD-SCDMA刚刚脱离纸上标准，开始进行初步的技术验证。在这种情况下同别人竞争，无异于螳臂当车，以卵击石。

彼时的杨骅在大唐电信已经做到很高的职位，一切都顺风顺水，驾轻就熟。这个时候放弃原来的工作积累重新开辟一个全新的领域，从个人职业发展来说，似乎也是一件非常冒险的事情。所以，当杨骅一趟趟富有激情地去游说企业时，不少人都认为他有点"明知山有虎，偏向虎山行"的"轴"劲儿。但杨骅有一个经典论调："人到山前必有路，但你必须要走到山前。"再难的事情，只要认准了就尽力去做，不做永远无出路。如果不尽力去尝试，怎么知道能不能行呢？

秉持着这样的想法，从TD联盟动议成立到顺利运作的近九年时间里，每到关键时刻，杨骅的这种"轴"劲儿就会冒出来。

2003年，联盟成立没有多久，正是解决技术转移问题的关键时刻，却遭遇了"非典"。在重灾区北京，不少企业关门歇业了。大家都说，天灾人祸，没办法，等着吧。但杨骅不愿等。知道这种时候人去多了别人也烦，天天他自己一个人开着车，一家一家企业去跑。

非常时期，有的企业不允许外来人员上楼，他就在楼下仰着脖子，扯着嗓子和楼上的人谈。至今杨骅清晰地记得，很多企业的人把他带到会议室后，第一件事就是啪啪地把所有的窗户都开到最大，茶水也变成了瓶装水。

回顾杨骅的学生时代，这种不轻易言败的个性似乎早早就埋下了种子。

大学期间，酷爱排球的杨骅是排球队队长、二传手。尽管技术不错，但不到一米七的个子在排球场上太没有优势。教练为此专门培养了四个高个子二传手，只待时机成熟就替换掉他。没想到，一直到大学毕业，杨骅还是牢牢占据着校队二传手的位置——因为教练发现他实在不可替代，不仅技术过硬，还是队里"定海神针"，关键时候总能起到稳定军心的作用。

"想好的一定要做到底。通常人们容易想来想去，但一定要行动，才会不断有新的方法冒出来。在办公室坐等，不会有好的结果。"杨骅根深蒂固地相信，"任何问题都可以解决，没解决只是因为你还没有找到办法。"

在一次次成功闯关的过程中，杨骅总结出了很多有用的经验。比如沟通工作的三部曲：第一，直接和企业谈，游说；第二，跟上级沟通请示，请上级帮助做工作；第三，也是撒手锏，不能轻易尝试。请专家写报告到最高层，经最高层批示后，自上向下推动。

在员工眼中，这个光头掌门倔强的个性中其实充满了幽默和睿智。

有空的时候，杨骅喜欢和员工开玩笑。对公司的单身汉，他总是大力鼓动："你去参加'非诚勿扰'吧！"

"他是一个非常支持自我创新的人，但他从不会用说教的方式。"TD联盟的市场总监逯宇说。外事活动多，杨骅经常需要西装革履，但他的衣服，从里到外都是国货。逯宇记得，杨骅还曾经给每个员工都买了一块纯国产手表，价格便宜，走时精准，款式时尚。"他是让大家亲自感受，国货也挺好的。"

李洁言

（原载《中国青年报》2011年5月13日第3版）

我是改革开放30年的"潮人"

别人都说这家民营企业特赶时髦,件件大事都有它的身影:2008年奥运会"水立方"场馆外的地面,2009年新中国成立60周年长安街改造工程,2010年上海世博会中国馆的万人广场,都使用了他们特制的"砂基生泰透水砖"。这种用沙子做的地砖,最大的好处是下雨洒水地不湿,渗水可以回收再利用。

这家企业——仁创科技集团董事长秦升益更是另类的"潮人":高考,哲学热,科技的春天,科技人员下海,民营企业摘掉"红帽子",创新型企业……这些热门的事情他一件也没落下来。

用秦升益自己的话说:"我是改革开放30多年的一个缩影。"

每一步都踏上国家发展的节拍了

上世纪70年代末80年代初,秦升益和很多揣着"大学梦"的同龄人一样,第一年参加高考以2.3分之差失利后,不甘心的他回家种了两年田，再次参加高考，可阴差阳错，过了本科线的他却被录取到南京机械制造学校（中专）学习铸造专业。

中专毕业的秦升益被分到济南铸造锻压研究所，成了车间的一名技术员。这名技术员仍在追逐"时髦"：那个年头，哲学是个热门专业，受追捧的程度丝毫不亚于今天的经济和法学专业。想当哲学家的秦升益私下里埋头苦读哲学，目标是中央党校的哲学系研究生。

机遇就在不经意间降临。秦升益碰上了人生的第一个转折点。那是在1985年，他在车间当技术员不到一年。研究所急需鉴定的一个设备出了问题，管道差一点点就是接不上，车间到处都弥漫着二氧化硫的味道。所里的研究员们集中在车间，却苦无对策。

蹭到旁边看热闹的秦升益扑哧一声笑了出来，遭到车间主任的白眼：都急成这样了，你笑什么。

秦升益说，这还不简单。所长听到他的话就把这个小技术员叫到跟前。果然，不到一个小时，秦升益就解决了这个问题。一查档案：这个小子当年过了高考本科线，在学校的毕业设计是满分。

随后，秦升益就从一个技术员被"破格"调到了研究室，成了一名研究人员。

可难题随即又摆在面前：按照规矩，年轻的研究员是要由老工程师带的，一带就是三年。愿意带中专生的老工程师并不多。

秦升益认定，做科研学历低不见得做不出来。他直奔主题，做科研。

又一个机遇出现在眼前。当时所里的老专家去国外考察，发现国外的机械研究所不仅仅是工艺创新，还从事材料研究。而后者正是国内研究所欠缺的。

中专生秦升益研读大量材料后得出一个结论：汽车工业在国内要大发展，这势必带来汽车发动机上精密铸件的发展。当时，用沙子做模具并不稀奇，但是在铸造业不发达的中国，做模具的沙子都要从澳大利亚进口，一吨锆英砂就要7000元。

内蒙古荒漠上的石英砂每吨只要10元，能否用它取代进口的锆英砂？

所有人都认为秦升益是在做梦：石英砂加热后容易变形，膨胀率是锆英砂的3倍！连美国那样发达的国家都从澳大利亚进口锆英砂，何况中国？

生性不认输的秦升益开始白手起家，《化工大字典》成了他的枕头。经过3年的潜心研究，试验6000多次，用了9000多公斤沙子后，他成功地研制出"耐高温覆膜砂"。进行中试的厂家当场就以每吨3500元的价格收购，业界惊呼"沙子卖出了钢铁价"。

鲜花，掌声，扑面而来。1990年，29岁的秦升益获得原机电部科技进步一等奖。1991年，他凭借此项技术获得国家发明奖，并来到了人民大会堂。

对很多科研人员来说，这已经到了研究的顶峰。但秦升益并不满足："我是农民出身，想法很朴素：获奖有什么用呢？关键是把产品做出来，应用到生产中。"

当时，柳传志作为科技型企业家正在被大力宣传，他也成了秦升益的偶像。大会组织获奖者去游玩时，秦升益一个人挤着公交车，来到了还很简陋的中关村。当他看到那二层小楼上挂着"四通""金海"等等一堆还是雏形期公司的招牌时，羡慕不已："我要有这样一个企业就好了。"

1992年，邓小平南巡讲话。这年的冬天，请了病假的秦升益跑到中关村创业。开始时病假只是几天，后来这个病假就不停地延续下去。

创业之初条件艰难，只有3间平房，没有更多的资金买炒沙子的设备。秦升益受了糖炒栗子的启发，买来煤气罐和炒菜锅做实验炒沙子。等到了中试阶段，用大黑锅更换了炒菜锅。

但很快，就有人到研究所告状：秦升益以请病假为名在北京办公司——当时，个人办公司不被允许，必须戴着"红帽子"。事情闹到了原机电部，一位司长非常开明，当场表态："干嘛要请假自己去做公司，干脆，算是咱们公派出来办公司。"

就这样，秦升益的小公司，一升格成了"央企"。

1997年，中国共产党第15届代表大会召开，国有和集体企业产权改革进入高潮。这年的冬天，秦升益的公司顺利完成转制，摘掉了"红帽子"，变成民营企业。

"每一步都踏上国家发展的节拍了。"秦升益感慨地说。如今，国产化汽车发动机关键部件模具90%以上由覆膜砂制成。

坚持把销售额提成的8%放到科研账户上

2000年秦升益的公司有了两三千万元的现金，唯一的产品覆膜砂非常赚钱。秦升益又一次面临选择：是把企业做大挣钱，还是保证一定的现金流去做科研？

科研出身的他清楚地知道答案：企业真正的发展需要不断创新。可当时，民营企业再有钱，也不能成立研究院。

这年4月，时任北京市市委书记的贾庆林召开了一个民营企业座谈会，商谈金融风暴后政府如何支持民营企业。

轮到秦升益发言，他只提出一个要求：企业的发展靠一个人的创新是不够的。"我希望能选块地方成立一个研究院。它不是一个简单的实验室，应该是从实验到中试车间一个全套的过程。"

贾庆林当即拍板，表示一定要支持。政府随后提供了3个场所，秦升益选择了密云作为研究院的所在地。

仁创科技集团成为第一批成立研究院的民营企业。"这又是一个转折。"秦升益说，"如果没有这个研究院，也不可能有后来透水砖等一系列产品。而仁创坚持把销售额提成的8%直接放到科研账户上。"

仁创自始至终围绕沙子在做文章。在秦升益看来，后面的一切都是根据公司的理念"您的需要，我的创造"孕育出来的：能源短缺，中国的石油含水量高，就发明"油田用系列压裂覆膜支撑剂技术"，使单井产量平均提高2.3吨；汶川特大地震后，他当天拍板，公司生产防震防火的建筑材料；食品安全问题出来后，公司又发明了会呼吸的花盆，让农作物安全生长。他下一步的理想是发展"会行走的农业"，并注册了一个公司叫做三会农业科技有限公司。

"我是根据社会的需求，不是凭空想象来的。"他说。如今，仁创各种各样的砂产品涉及铸造、石油开采、雨水收集、建材、农业等领域，整个砂产业的价值链完成了。

2008年，胡锦涛总书记在全国科技大会上宣布到2020年中国建成创新型国家，依托转制院所和企业建设了36个国家重点实验室。仅有两家民营企业入围，其中就有仁创科技集团。同年8月，91家企业被官方正式命名为中国首批"创新型企业"，仁创同样入选。

秦升益说，现在公司进入了第三阶段，从团队创新到人人创新。"每个岗位都要创新。创新无处不在，创新并不遥远，就在每个人的身边，在生活与工作的方方面面。"

现在仁创有六七百人，专职科研人员占40%。回顾自己的成长过程，秦升益认为最重要的是"实践出真知"，因为"我们课本学的概念名词，上面解释得再好，定义背得再好，都不是真理解。只有把名词到实践应用，才理解得透彻。"

他作了个决定，从2012年开始，新员工必须去工厂工作一年，老员工也要补上这门课，时间缩短为3个月。在市场经济时代，秦升益学会了用经济手段来补偿这门必上的课。

原春琳

（原载《中国青年报》2011年6月29日第6版）

当过兵、打过仗、做过司局级干部、管过国企
一个退伍军人的创业攻坚战

吕建光骨子里依旧是个军人。

当过兵、打过仗、做过国家机关司局级干部、管过国企，现如今作为北京国智恒电力管理科技有限公司的董事长兼总裁，就在记者眼前，他3分钟不到就吃完一份品种丰富的午餐。

"当年在部队的经历让我吃饭特别快。"吕建光笑言。

十余年军旅生涯，在这位企业掌舵人身上留下太多印记。

只要不出差，每天早上8点不到，他都会准时出现在公司，"总部发出命令9点进攻，9点10分，后方告诉你还在来的路上，这怎么行？"

"一个没有时间观念的团队是永远难以成功的！"吕建光反复强调时间观念对一个企业发展的重要性，他的公司要求职工无正当理由不得迟到，第一次无理由迟到大会点名批评，第二次迟到就要扣50元。

部队既人性化又具约束性的组织观念也被吕建光用在公司的管理上。

下属眼中的吕建光是个重情义的人，犯错时会被严厉批评，可事后

总能得到吕建光的"感情抚慰"：事后不久，吕总就会貌似漫不经心地走到他们面前，和他们聊一些工作之外的事情。

"军队要军容整齐，才能斗志昂扬，在企业，员工的精神面貌是公司的形象。"吕建光为此专门给公司员工聘请了一名清华大学客座教授做形象顾问。

这背后，吕建光早已把市场当做"一个没有硝烟的战场"。在这个新战场，他的企业就是"一支具有攻坚作战能力的部队"。

而今，这支"攻坚队"已取得不俗的业绩：两项国际领先技术、"中关村重大科技成果产业化突出贡献奖"、"2010年中关村十佳创新型中小企业"。

吕建光也在2010年成为中关村"高端领军人才聚集工程"第二批入选者，也是其中年纪最大的一位——他已经56岁了。

这个土生土长的"老土鳖"，甚至一度成为评委争议的焦点——外人印象中的中关村更像一个海归的聚集地，是青年创业者的乐园。

一切却又实至名归。

1971年，17岁的吕建光参军入伍，做过战士，当过排长，上过军校。1984年，已是南京炮兵学院政治部训练处主任的吕建光，在军委的组织下，带领20所军事院校的500名学生，奔赴老山前线参战见习。

一年后，从阵地回到学校，同去的人中36人牺牲，100多人受伤。血与火的洗礼中，他对国家利益的认知深入骨髓："为保住每一寸土地，牺牲了多少人啊！"

1988年，吕建光主动要求转业。在走过10年公务员道路之后，已是国家计委综合司副司长的他毅然投身一家濒临破产的国企。

面对太多的不理解，他的理由只有一条，"我不能一辈子在机关写材料、出差、写公文。等我老了，总结我的一生，想我一辈子干了什么？我不能说我写了多少份文件，我不能这样告诉我儿子。"

7年时间，吕建光使这家企业由亏损8亿元，变为净资产70多亿元。2005年，一个新的机遇摆在吕建光面前——国家电力监管信息系统研发需要一家第三方机构，"这可是做国家一个行业的事业"。

这一次，他选择了彻底与体制内告别。

一个月后，51岁的吕建光和朋友合伙成立了北京国智恒电力管理科技有限公司。

公司一次调研中，吕建光了解到近年来我国由于电力系统内部设备时间基准不一致而引发的电网事故频频发生，背后的症结正是我国电力系统授时信号受制于美国GPS民用频道。

能否破解中国电网的"时间之觞"？吕建光下决心开发中国自主知识产权的北斗电力全网时间同步管理系统。

"经济危机"随之而来：前期筹集的上千万元研发经费已经告罄，技术还处于突破的前夜，而且还面临测试一年的时间考验。

吕建光将自家钱往外拿，房子全部抵押了，不够再找弟弟借。最激烈的时候，老婆甚至要跟他离婚。

实在扛不住了，他一度开车跑到长城，一个人在长城上坐着，看看日出日落，几天后又是峰回路转。

"一切都只因为曾经当过兵。"吕建光说，是军人的特质让他成功地面对了许多挫折和困难，"军人，就是看准的事情，义无反顾！"

2009年9月，我国正式确立"天地互备，以北斗为主的电力授时体系"，中国正式掀开电力行业自主高精度授时的时代大幕，电力运行安全命系他国的历史也由此终结。

2010年底，国智恒全球首创"智能超高压输电线路动态增容系统"，大幅提高了电力传输能力。

对公司未来的图景，吕建光有着清晰的展望：以北斗导航技术综合应用为主要发展方向，侧重于产业授时系统方案的解决，他们已与电力、电信、石油等行业建立了合作关系，还要进军金融、交通运输、水利等更多行业。

这个"老兵"说自己只有一个心愿，"将国家安全掌握在中国人自己手里。"

雷 宇　　邹春霞
（原载《中国青年报》2011年7月30日第3版）

栾润峰：既要快乐也要效率

在一个企业里，效率和快乐总是对立的，看你选择哪一个。而栾润峰偏不信这个邪，他的答案是"两者都要"。

从文革后第一届大学生到常州市第一位计算机讲师，从国内第一批MBA到金和软件的总裁、精确管理思想创始人，栾润峰在不断蜕变着。如今，他已经把自己的精确管理思想输送到各大企业，金和管理软件的销量已过亿。

"'精确管理'不是把人管死，而是让人快乐高效。"栾润峰说，"掌握到每一分钟，控制到每一分钱，并让企业在提高效率的同时使员工更快乐，这就是'精确管理'的精髓。"

上世纪80年代，一台普通的PC机好几万元，加上各种配套设施无疑是一大笔开销。栾润峰所在的一家大型国企就购进了这样的电脑，目的是提高企业效率，可事与愿违。栾润峰由此得出一个结论：对一家企业来说，资金和技术不是管理的关键，人才是最关键的因素，当人变成机器的一部分，一定会感到不快乐不自由，人性的弱点就会一一暴露出来，企业的效率自然越来越低。

可很多管理者对此视而不见。

"中国的中小企业老板往往是忙了生意，丢了管理，抓了管理，没了生意。"学计算机出身的栾润峰更像是一位为企业把脉治病的"医师"，一门心思关注的是中国企业的健康。

"传统管理中，管理就是'卡'。很多时候，员工需要改变自己的某些个性和个人目标来实现老板的目标，表面上员工服从，但是在心里却并不开心，这样事倍功半，效率逐渐递减。"栾润峰说："管理在于管人、管人心，但管人心不能靠洗脑。"能不能不改变别人，却能达到事半功倍的效果呢？最好的方法就是让员工自己管理自己。

比如，人们开车时总是会有意无意地去看仪表盘、反光镜，为的是不断调整自己的速度和位置，规避可能发生的危险。而"精确管理"，就是让企业在每一个员工面前放一面"镜子"。员工有了精准的"驾驶舱"，开车就会心中有数，一些小的问题就可以提前规避，也就油然而生"一切尽在掌握"的感觉，而这种感觉正是快乐、高效的前提。

1996年，栾润峰去IBM公司美国总部考察，在接触了互联网并了解其在当地企业的使用情况后，他忽然意识到：如果把自己研究的管理模式与互联网技术结合起来，那将是划时代的超越。

经过和创业团队一年多的研发，1997年，金和诞生了第一款自己的管理软件。

但这个"天方夜谭"式的管理模式并不被看好。接下来的几年里，栾润峰开始了艰难的游说。为让更多的人了解精确管理的妙处，他到处寻找讲解的机会，甚至许诺：凡是企业高管，只要来听三个小时"精确管理"，如果觉得不值，每人给200元听课损失费。

直到2001年3月，金和软件才实现了零的突破，但从卖出第一套软件有了收入到企业真正开始盈利，金和又用了四年多的时间。

在栾润峰看来，管理是有文化的，而他的"精确管理"就是专为中国人量身定做。栾润峰说，中国文化土壤里，其核心是精确分析人性，重视人的管理，"国人头脑灵活，但民族性格差异不能用好坏来评价"。

"三岁看大，七岁看老"，说的是人是不可改变的，"人要脸，树要皮"，说的是要让员工意识到自己的问题，从而主动自我规避。"这些老话说的其实都是非常实用的管理哲学，而老祖宗说的'无为而治'正是'精确管理'的目标。"栾润峰说。

基于这种无为而治、自我管理的理念，2009年，金和软件的绩效管理放弃了传统意义上考核办法，进行了一个很大胆的尝试——员工自我评价，主管不再参与打分。一开始有的员工会高估自己的绩效，而有的员工也会低估绩效，这些在HR复核时都会提出来并予以纠正。不过，实行一年以后，这个数据越来越准了，大家的工作计划也越来越完备。

栾润峰说，金和软件公司共有员工1500多名，按正常测算，管理人员至少应在100多名，而我们只有10名。运用精确管理思想及其工具载体，不仅能大大节省管理费用，还能大幅提升企业组织绩效。

如今，"精确管理"在业界得以普遍传播、应用。据了解，现在每天有数十个行业的近两万家企事业单位使用精确管理软件，包括中国电信、松下等知名企业，"精确管理"也使金和软件一跃成为业界知名企业。

吴晓东

（原载《中国青年报》2011年11月29日第3版）

归国只为打一场必赢的仗

蔡蔚在向外人介绍自己公司时，常常开这样一个玩笑，"我们是两头猪的企业。"

外人听后必是哈哈大笑，趁着轻快的气氛，蔡蔚继而调侃并解释"两头猪"公司的缘由：这不过是因为他和公司另一位比他小12岁的老总都属"猪"，而这样的组合又是令他最为庆幸的公司核心竞争力，故时常挂在嘴边，作寒暄之后的开场白。

另一位属猪的老总叫余平，与蔡蔚主抓技术不同，这位更富有朝气的老总负责公司的总体经营。俩人共同经营着精进电动公司，试图通过优势互补联手打造属于中国的新能源汽车"心脏"——电机系统。

这样一个口号和目标的提出，开始于一个看似不经意、后被蔡蔚称为"缘分的开始"的会场。

同在美国，蔡蔚已是世界知名的电机设计师，曾就职于国际顶尖的电机研究机构，并在国际领先的汽车电机公司任混合动力技术总监、总工程师。余平则在通用汽车美国总部任全球混合动力战略与规划经理。

就在各自的事业蒸腾上升之际，一次业内的会议将两人聚在一起。在相见恨晚相谈甚欢之际，一个更为大胆的想法也开始萌芽。

当谈到中国新能源汽车电机的自主研发这张白纸亟待填补的问题时，余平和蔡蔚之间的沟通从学术层面进入了现实操作层面。经历了多次讨论和反复研究，他们毅然辞掉各自前途一片光明的职位，从大洋彼岸飞回中国，"把中国自己的新能源汽车的电机事业办起来"。

归国后，蔡蔚入选国家"千人计划"。2008年他们成立了精进电动公司，公司所研制开发的节能与新能源汽车电机系统一炮打响，成为国内行业里的佼佼者。

但创业之路并非一蹴而就。

两个光杆司令，加上靠着义气和理想聚在一起的12人，是最早的创业团队。"人少得可怜"，不是蔡蔚开不起高薪，而是时下国内新能源汽车产业化还未完全形成，"懂新能源的不懂汽车电机，懂汽车电机的又不懂汽车"。

后来，公司对第一批元老以及重点人才都实行股票激励，"这里不到30岁的年轻人就可以管理一个部，当部门经理。这种机制不仅帮我们吸引了人才，而且留住了人才。"

三年以来，精进电动的团队"非常稳定"。

到现在，公司已经有200多人的开发、生产的队伍，在中关村电子城西区有3000多平方米的研发中心，在上海嘉定区有1.5万平方米的现代化新能源汽车电机大批量生产基地。CEO余平信心满满，"假如中国的新能源汽车电机产业只有一张票的话，这张票必须是我们的；要是有两张票，前排也必须是我们的。"

说出这样的话，不仅仅是创业者必备的勇气和魄力，更在于余平看到了历史的机遇。

长期以来，汽车动力总成核心零部件一直被国外技术把控，"国外的公司越来越强势，比如市场上先进的发动机和自动变速箱，基本都是国外研发或是合资引进的。技术引进的高潮一浪高于一浪。"

而新能源汽车或可为中国提供一个突破性的机遇。"这一仗必须要赢。"余平说，"第一是站起来，第二是走出去。我们不仅要顶住国外技术引进的压力，还要真正杀到国外和他们拼市场，用我们的技术、生产、质量、财务实力来和世界上最高端的公司竞争。"

在单机功率和功率密度方面，精进电动的产品已是世界领先。精进电动已经取得了国内外新能源汽车电机30亿元的订单，并且已经在2011年初投产，批量交付产品。

"虽然现在的成绩还算值得欣慰，但还只是个开始。"成为中关村科技园区引进的留学归国人员的那一刻，余平就知道，任何一个企业或某个事业永远都是待建工程，即便是上市，也不是成功，"如果你哪天觉得你成功了，那你基本上就该退休了。"

而现在，精进电动的创业者们一起继续着归国最初的梦想：与国内外知名企业签订总额超过100亿元人民币的合同。

邱晨辉　　张维欣

（原载《中国青年报》2011年12月6日第3版）

李沁：把中国直播到世界

创办了沁人心彩传媒科技（北京）有限公司的李沁，是个气场强大的女人，很轻易地，就能把别人吸引到她的故事中去；李沁还是一个特别的女人，在温柔美丽的外表下有着一颗勇于冒险的心，正因为她那种"随时都可以重头再来"的豪气，使得她的故事只能欣赏无法模仿。

1988年，李沁以当年南通高考文科状元的身份考入中国青年政治学院，四年后，她又凭借大学期间的篇篇力作，毛遂自荐进了人民日报社；七年的记者生涯，把李沁锤炼成一名资深记者，当人人都羡慕她的工作时，她却不顾领导的挽留，毅然选择了离开。

在李沁看来，已经取得的成功就像登山者已经征服了的山峰，不再具有诱惑力和挑战性。李沁是个不给自己留退路的人，她选择了出国深造，并且只圈定了三所学校：哈佛、耶鲁和哥伦比亚。

1999年，她最终成了哥伦比亚大学新闻传播学院的研究生。

　　她在中关村内独一无二的创业故事也深受她这种勇往直前的个性的影响。

　　最初回国，李沁并没有创业的打算，只是受清华大学新闻学院的邀请，回来做高级访问学者，教一年的书。

　　但是这看似随意的一年却成了李沁另一段历程的开始。

　　当时，除了在清华开了该校第一门"文化创意产业"课程以外，李沁还与中央电视台合作了一个栏目，"在国外我自己既是制片人又是主持人，节目的个人风格比较明显，但是，在国内却完全不是这样。"虽然最初的合作并不是很顺利，但是却让李沁在痛苦中有所感悟。

　　"文化产业的核心应该是传播。"李沁说，传播就要让别人听到，如何让别人听到，"就要用他们听得懂的方式讲给他们。"具体而言，就是用自己学到的最先进的理论把中国的文化传播出去。

　　这种感悟一直深埋在李沁的心中，直到有一天，她放弃在美国已经发展得很好的事业，回国创办了沁人心彩传媒科技（北京）有限公司，感悟由此开始生根发芽。

　　"我能用他们听得懂的方式讲中国。"这就是李沁所理解的直播的含义，"直播就是没有文化障碍的沟通。"李沁创办的沁人心彩公司有一档王牌节目："李沁在线"，每周，李沁选择中国的一个城市，然后把自己眼中的这个城市的样子、这个城市的人、这个城市的过去和现在讲给美国人听。李沁说，美国的主持人能从20多岁干到80岁，他身边的观众或听众也会一直跟随他，不仅几十年听他看他的节目，了解他的说话风格、个性、思维方式，甚至主持人身上发生的故事都能了解很多。"主持人和观众、听众的这种信任关系是可望不可及的。"现在的李沁就在美国拥有一批这样的观众与听众，他们每周都期待着李沁的讲述。

现在"李沁在线"已经做了200多期了，五年来，每周一次，从未间断。

"沁人心彩"还有一个把中国品牌国际化的系统解决方案。这个被称为IBC的系统是International Branding of China的英文缩写，即"中国品牌国际化"。"IBC模式是标准化的品牌打造模式。它是按照科学的模式，按照国外习惯的语言在操作。我们把文化创意跟科技融合到一起，这就是为什么我们是中关村的科技企业，而不是一般的传媒公关广告公司。"李沁的独特性在很多方面都能显现出来。

目前李沁已经跟很多部门合作，一起打造具有国际化的中国品牌。比如，他们跟中国侨联合作，打造"欢乐春节"这个品牌，传播中国文化；比如与北京延庆县政府合作，把一个主要以当地民众自娱自乐为主的葡萄节，打造成了世界性的葡萄文化节。

李沁，今天是北京市"千人计划"创业领军人才、北京市特聘专家。

10年前，她站在了美国"艾美奖"的领奖台，她执导的纪录片《蓝天车站——美国梦》获得了美国电视界最高奖。

12年前，她成为哥伦比亚大学新闻学院历史上第一位直接从中国大陆考入的学生。

19年前，她进入人民日报社，成为该报五大才女之一。

23年前，她是当地高考的文科状元。

……

没有谁是注定了要成功的，但是每一个成功的人注定了要不断追求卓越。

樊未晨

（原载《中国青年报》2011年12月17日第3版）

苏菂：把咖啡厅做成创业孵化器

北京中关村海淀图书城后身的鑫鼎宾馆二层，有家与众不同的咖啡厅：免费提供办公桌、办公椅、储物柜、投影、wifi、会议室；到了周末，一些投资公司或者互联网行业的牛人还会来这儿与创业者们交流经验，分享心得。获得这些，仅需点上一杯售价为15元的咖啡。

这家咖啡厅叫"车库咖啡"。车库咖啡的大门口，贴着一张平面图，上面清晰地标出了咖啡厅内每一张桌椅的位置。每一位来这儿的创业者，都可以把自己的个人信息贴在地图上，方便他人寻找。

在咖啡厅内的墙壁上，有许多创业者粘贴的求贤榜，许多都是手工写成的，有的是寻找公司CFO，有的是寻找技术合作对象，还有的是团队组建招聘信息、业务交流信息以及资本需求等，粗粗一数就有四五十张。

"我们要做中国硅谷的那间车库。"车库咖啡创始人苏菂说，在他眼里，来这儿的每个人都是CEO。

苏菂曾是一家上市公司的投资总监，在工作中时常需要接触创业团队。他发现，平均每天接触三到四个项目已经属于高效率，而更多的时间则浪费在了路上。"如果把创业者、投资者之间的物理距离缩短，效率会不会提高？"

苏菂把自己的想法分享给一个要好的投资人，很快，IT界的几个牛人，比如联众创始人鲍岳桥、海虹控股副总裁上官永强、艾瑞创始人杨伟庆等10位投资人，都成了车库咖啡的股东。

得到资金后，苏菂把目光锁定在中国硅谷的诞生地——中关村西区，找房、装修，苏菂前前后后忙活儿了7个月。2011年4月，车库咖啡开业了。

每天早晨8点30分，苏菂都会准时出现在车库咖啡靠窗的一张桌子旁，这就是他的办公桌。每一个来到车库咖啡的团队，他都会去认识，至今已聊了1000多个团队。

"刚开始，好多人觉得我挺傻的，开一间不求赚钱的咖啡厅。其实，对于创业者来说，资金、资源、社交是最重要的。中国人并不缺乏创新精神，只是缺乏这样的平台。"苏菂说，车库咖啡相当于一个最早期的办公室，创业者们在这里磨合自己的产品和想法，而且15元一杯的咖啡比租办公室便宜多了，这不仅降低了创业者自身的风险，也使早期创业团队更灵活。

更重要的是，苏菂本人很愿意跟创业者分享他自己的经验和有趣的东西，也会介绍领域相近或者属于上下游关系的团队给创业者认识。

来自广东东莞的老李，已经在广东创业20多年，事业上也经历过"三起三落"，去年接触互联网后，手里握有一个网络社区的项目。2011年6月，老李在报纸上看到了有关车库咖啡的新闻报道，毅然决定只身北上。老李说，每天的早10点到晚10点，他都会坐在车库咖啡，5个多月，他交到了很多志同道合的朋友，也组合了两次团队，但是最后均以失败告终。这时，苏菂向他推荐了两家跟他很匹配的公司，最后老李加入了其中一家。

在车库咖啡"上班"的，什么能人都有：有研究无人驾驶飞机的，有研究水力发电的，有研究太阳能的，当然研究IT行业的更多一些，比如手机游戏、招聘网站、餐厅电子点菜系统等等。所以，想要找到志趣相投的人并不难。

来自西安的兄弟俩想做电影，便隔三差五打着"飞的"从西安飞到车库咖啡，在这里，恰好有一个北京电影学院毕业的女孩，拥有一支小团队，做的是电影网络在线方面的内容，几个人一拍即合，合并成一个团队。

"在车库咖啡，这种自发组合创业的很多。"苏菂说，早期团队大都是"缺胳膊少腿"，几个人坐在一起特别聊得来，就想一块儿试试，这样可以促进产业链之间的合作。

搞食用油的老王，工厂在湖南，一个人在北京办公，虽然在其他咖啡厅也可以办公，但是在那里，没有人给老王出谋划策，租办公室的话，一个人未免"凄凉"，也着实划不来，于是他来到车库咖啡。来到这里后，大家纷纷给他的食用油项目提建议，其中一个团队还给他的食用油公司做了一个手机客户端，这样一来，老王可以随时把食用油种子的种植过程、自己新开发出的食用油品种介绍等发到客户端上，简单明了，效果很好。

"很多创业者来到这里后，改变了很多，大家不断地进行思想碰撞。创业初期，人的激情最大，碰到的困难也是最多的，不同创业者之间拥有共鸣，愿意互相欣赏帮助。在这里的每一个人提出一个商业模式后，都会有无数人给他肯定或否定，建议的人越多，产品上线时就越完善。"老王说。

车库咖啡不仅仅是一家咖啡厅，一座办公室，更是创业者精神上的避风港。

误打误撞来到车库咖啡的姚鸿滨今年68岁，退休前是江南大学的教授，直到现在，他仍坚持自己编写计算机程序。苏菂听了姚鸿滨的经历之后，安排他讲讲自己的历程，演讲结束后，大家都备受鼓舞，"很多已经不写程序，只做商业活动的人，看到姚老先生这么坚持，又重新回去做程序。这真是件很美好的事情！"苏菂说。

当然，"车库咖啡"并不是盲目地鼓励创业，"经常有人迷茫的时候找我聊天，有的人我就劝他不要继续了，有的人我就鼓励他。因为，有些人创业确实欠缺火候，应该多深入了解行业再进来。有想法是好的，但并不一定所有人都适合创业，也需要有些基础。"苏菂说。

如今，每天都有数个团队、几十人驻扎，还有更多的团队预约入驻。迄今为止，车库咖啡里已经谈成了十多笔投资，总投资金额达到数千万元。

"车库咖啡让整个产业链和很多创业团队受益，如果中关村有五到十家'车库'式的企业，那么所有创业者都会有机会。"苏菂梦想着，几年后，也许能从车库咖啡里走出下一个李彦宏或者下一个马云。

文　静　李　馨

（原载《中国青年报》2012年1月7日第3版）

不是名牌大学毕业，初始学历只有中专
却研制出中国第一支甲肝疫苗
中专生尹卫东：不要仅为成绩而学习

已过不惑之年的尹卫东，与病毒打了20多年的交道，攻克了无数个病毒，获得了多个第一：中国第一支甲肝灭活疫苗，国内第一、全球第二的甲乙肝联合疫苗，中国第一支人用禽流感疫苗，全球第一个完成 I 期临床研究的SARS疫苗，世界第一支甲流疫苗。这些都是他率领的团队研制出来的成果。

但就是这个连病毒都难不倒的斗士，却因为一场报告会犯了愁。

中专学历的他被一所中学邀请去为高中生作报告。"人家上高一，肯定是要谈高考的，高考都想着要上清华、北大。"但做好学生、考高分、上名牌大学这条人们眼里的康庄大道，恰恰不是尹卫东的成长路径。

中专学历，学校普通，但这并不影响他日后走向成功。"我和我的同事经常讲，你一定不要小看你自己，我一个中专毕业的，在卫校上了8个学时的病毒学课程，但我在全国就能第一个把甲肝病毒分离出来，这按现在的逻辑是不可能的。"

对于自己的成长规律，尹卫东坦言没有总结甚至没想过，但有一点，他觉得很重要，"学习本身不是为了成绩而学的"。

中学赶上地震

地震让尹卫东的中学时代变得有些不同。

1964年，尹卫东出生于河北省唐山市的丰润县。1976年地震发生时，他正在上初中二年级。地震后，房子塌了，校园没了。

震后重建教室成了尹卫东的学习过程。教室没有了，老师就带着学生自己盖，要学着码砖，还要思考如何防震。在老师的带领下，他还和同学一起到林场栽柳树，到农田授粉。

这些与正规的课堂教育不同，没有课本，学生们不懂授粉，甚至在栽树的时候把芽孢冲下插。但在他看来，只要在干，就是收获。

1977年的物理课让尹卫东记忆颇深。第一节课上，老师把学生们都叫到院子里，院子里放着一台拖拉机，谁开得走谁就合格了，考试也不用考了。

放在现在的学校，这或许是无法想象的，但在尹卫东的中学时代，这样的经历比比皆是。

他还记得在学校小树林里上的一节课：一块小黑板，半盒粉笔，老师拿着《人民日报》讲"人定胜天"。

虽然今天明白"人定胜天"这种观点是错的，但是尹卫东说，那堂课给了当时的他一种信念：不管遇到什么困难，人一定能战胜磨难。这段经历，也许能解释工作后为何他能以一人之力，成功分离出甲肝病毒。

初中毕业后，尹卫东进入当地历史悠久的车轴山中学。

当时，学校的养猪场每两个月杀一头猪，为学生改善伙食。猪的叫声极其响亮，一杀猪第二节课就能知道了，之后大家都变得很兴奋。"我们都把饭盒摆在教室门口，一下课，像箭一样迅速拿着饭盒冲出去。"

那个时候，他跟猪的感情很亲，可是学习并没有进步。"高考的时候全县就两个班，我在我们那个班算是排在倒数前十名。"

中学教育留给尹卫东的印象是"一个高度灵活的教育，没有特别的要求，兴趣也不是特别多"。

虽然没学到什么书本知识，却让他接触到了社会，尹卫东"自己对生活也有特多的崇敬"。

卫校打开兴趣之门

如果再参加高考，尹卫东笑说，自己可能有一门能得满分，比如甲肝病毒。

尹卫东最熟悉的就是甲肝病毒，从1985年分离出甲肝病毒TZ84（沿用至今），到1999年研制出甲肝灭活疫苗，他与甲肝病毒可谓结下不解之缘。而甲肝病毒分离成功，也是他人生中第一个科研成果，这一成绩使他的工资连涨五级并晋升中级职称。

有人疑惑：高中排名倒数的学生，如何能搞科研？

这得益于尹卫东的医学知识系统。

中学教育并没有帮助尹卫东建立一套真正的知识系统，尹卫东个人知识体系的真正建立是在卫校学习期间，正是这一阶段的学习打开了尹卫东的兴趣之门。

回顾那段学习经历，他坦言自己读中专的用功程度远远大于读高中的时候，"一下子变成学校里提问题最多的学生"。

与中学教育不同，卫校里的医学教育是非常系统的。虽然有数理化的基础，但是医学教育由于其自身的特点，自成一体。

"首先是根据这个学科，建立自己的逻辑，然后把知识串起来，这个东西就太好玩了。你可以从微生物推到传染病，从传染病推到药理学，从药理学推到化学，从化学推到生物化学。"

其实他很可能与卫校擦肩而过。那年高考，他考了249分，离大学分数线256分只差7分，只能进中专。他想复读再考大学。

"如果考上中专都不上，就不是国家需要的人才。"班主任的一句话让尹卫东放弃了再考大学的念头，进入中专学习。

当时社会上最时髦的两件东西——方向盘和听诊器，都是尹卫东喜欢的。他想拿听诊器，于是就报考了卫校，却阴差阳错地选择了卫生学专业，走上了防疫之路，创办了北京科兴生物制品公司，用他自己的话说，叫"从此踏上'不归路'"。

"那个时候的解剖，每一根骨头，一节一节地去数叫什么名字，哪怕是葱头的皮、青蛙的心脏，都认真地去学。所以一下子钻进去了，就再也没有想过说我将来是不是考大专，就一头扎进去了。"

上好学校不是理想

要说想在报告会上给高中生讲什么，不走寻常路线的尹卫东真正想讲的是："学习和考试、成绩和能力没有必然的联系。"

在尹卫东看来，上学期间的考试是按照书本的内容去填空，在有限的时间内答对了，只代表理解书里的内容。

他认为"更可恶的是那种所谓的应试教育"。他用勾股定理举例，定理本身很简单，但在应试教育中为拉开距离，勾股定理被编成各种各样的题来为难大家。与老师想到一起的分数就高了，被难住的分数就低了。但在现实中，这样的情况则不会出现。"所以那种考试成绩和你的实际能力是不一致的"。

尹卫东觉得，小时候是为了兴趣学习，也应该为了理想去学习。最重要的一点是"不应仅为成绩而学习"。

中专毕业后，百分之八十的同学选择进入大专进修，尹卫东却坚决反对。他认为自己的兴趣在传染病、流行病、微生物学上，没有必要浪费时间重读数理化考大专。

对专业和业务的追求，是尹卫东中专毕业后"特别崇敬的理想，特别想干的事儿"。

按照当时的情况，中专毕业的学生在医院里只能是最低等的医生，几乎永远当不了主任医师，顶多当一个主治医师。年轻气盛的他却认定自己的中专一定比大学强。"当时也是年轻，有着一股劲儿，坚信自己是正确的，干得好的话就把事儿干出来。"

凭着一股劲儿，尹卫东不仅成功地分离出甲肝病毒，而且，在近十年中，他带着他的团队创造了一个又一个纪录。

他和他所带领的团队经过600多个日夜的拼搏，完成了SARS疫苗的I期临床实验，使我国成为该领域世界上第一个进入临床试验的国家；他们用87天的神话速度研制的甲型H1N1流感疫苗，是全球首支获得国家（或地区政府）药品批准文号的甲型H1N1流感疫苗。

不是名牌大学毕业的，不是硕士（他在北京科兴成立后才在新加坡国立大学学习并获得EMBA硕士学位）、博士，分离病毒时和自己一起做研究的同仁们出国了、当官了，尹卫东还一个人坚持着。"20多年了，我就扎在甲肝病毒上。为什么？因为我喜欢做这个，天生有研究传染病的情结，我也没别的本事，只会做这个。那不管别人说啥，你一竿子做到底就是了。"

现在很多人把上好大学当成理想，尹卫东却对此表示不赞同。特别是在与一些名牌学校出来的学生的接触中，他感觉到他们的理想有些迷茫。"上好学校我不认为是理想，理想也不会是那个好学校，理想是对你最高目标的追求。然后再围绕你的目标建立你的兴趣。你满足了兴趣，目标又超前，你的目标又会变得更大，你再去学，这样的学习循环是好的。"

邹春霞　　雷　宇
（原载《中国青年报》2012年1月16日第12版）

严望佳：努力做到更优秀

严望佳·微寄语

在顺利的同时，不要停止挖掘自身的内在潜力，努力获得提高。希望你们都能拥有精彩的生活，通过各种经历磨炼出一个更好的自己。

16岁那年，她离开云南老家，带着"当中国居里夫人"的梦想来到复旦大学，读的专业却不是自己最喜欢的生物工程，而是妈妈改成的"计算机"。"有点儿无奈。但是现在回想起来，学什么其实不重要，都是基础。"

1990年，严望佳怀着对计算机尖端科技的向往，赴美国坦普尔大学攻读计算机硕士，后又到宾西法尼亚大学穆尔工程学院攻读计算机博士。在严望佳看来，国内高校也能培养出优秀的人才，而留学带给她的是一种坚强的性格。"在国外你如果作出一个错误的决定，就要自己承担后果，没得商量。而作出正确的决定，去享受好的结果，也会让自己更有成就感。"

起初，对于没有奖学金的严望佳来说，每月四五百美元的生活费是一笔不小的开销。为了挣钱，严望佳到唐人街的中餐馆打工。"同去的三四个女孩子都得到了一份服务生的工作，可是老板不要我，因为我看上去太小了。"严望佳觉得"好郁闷"。

被餐馆"拒收"的严望佳只能在学校餐车里找了份包装食物的工作，她的职责就是把顾客要买的食物打包，每小时能收入4美元。"把东西装好递给学生，我觉得还满自豪的，毕竟是自己的第一份工作。"两个月后，严望佳拿到了奖学金，并得到了一份助教的工作，她不用再去餐车打工了。但那段经历让她懂得，任何工作都是平等的，只要用心做好，对自己就是一种锻炼。

1996年，严望佳学成归国。"当时决定回来，一方面出于对故土的热爱，另一方面是我不希望站在外围观看中国的崛起，而是希望亲历这段历史，做一个参与者，尽自己的一份力量。"

当时，"互联网安全"在中国还是个新鲜的概念。严望佳筹资成立了启明星辰公司，立志在这一领域创立中国自己的品牌。"公司的机制、管理等都是西方化的，但同时也融入了中华文化的元素。如果没有文化基础，高科技就无法深入生活。"在严望佳心里，中国传统文化是始终不能舍弃的。

像所有高科技公司一样，启明星辰也经历了资金不足等困难，严望佳只能边干边学。

　　直到1999年，互联网产业在中国迅速发展起来，启明星辰也迎来了黎明。经过严望佳和她的团队不断努力，2010年，启明星辰成功上市。

　　"我的梦想就是把启明星辰打造成对中国的安全产业具有战略意义的企业，同时为员工提供良好的工作环境，让他们开开心心地学习和成长，也希望自己能得到不断的提高，成为更优秀的人。"严望佳说。

黄丹羽

（原载《中国青年报》2012年2月7日第1版）

邓中翰：敢于挑战 缔造传奇

邓中翰·微寄语

年轻人要做好随时迎接挑战的准备，要有独立思考的精神，尽可能地多获取知识，通过努力和奋斗获取自己的成功！

在很多人看来，邓中翰的成长经历似乎有些传奇。

本科三年级便在著名的科学杂志《科学通报》上发表了论文；留学美国加州大学伯克利分校并获得物理学硕士、电子工程学博士和经济学硕士三个学位，成为该校成立130年来横跨理、工、商三科学位的第一人；回国创业后，研发出第一枚具有完全自主知识产权的"星光一号"芯片，终结了"中国无芯"的历史；2009年，41岁的他又成为中国工程院最年轻的院士。

看着这一长串耀眼的成绩，甚至有网友质疑："这个世界上真有这么牛的人吗？"

"我就是比较努力，敢于挑战吧。"邓中翰这样评价自己。

二十几年前，在人才云集的中国国防科技大学，大二学生邓中翰在寒假前找到黄培华教授，希望加入他的科研小组。没有多说什么，黄教授便给了他一摞文献资料，"有什么想法等开学了再说。"黄教授这样跟他说。

寒假到了，别的同学都回家过年，只有邓中翰留在了学校。"因为那些文献都是专业书籍，很多都是英文的，我需要查阅大量资料和词典才能看懂，只能去学校图书馆查。

那个寒假，邓中翰甚至比平时上课还要努力，除了吃饭睡觉，他几乎把所有的时间都用在看资料上。一个月下来，他不仅读完了那"近一尺高"的文献，还罗列出了自己的观点。

"黄教授都没想到我这么快便有了自己的看法。"这件事让黄教授破例接纳了他，让一个本科生进入自己的科研小组。

1990年，邓中翰在《科学通报》上发表了用量子力学解释外太空射线对地球矿物质影响的论文，这对于一个本科生来说很不容易。也正是这篇论文，让他在第二届"挑战杯"全国大学生课外学术科技作品竞赛中脱颖而出。

那一年成为他成长道路上的一个转折点，因为他知道了自己以后该做什么。

1992年，邓中翰考入美国加州大学伯克利分校。这个从建校至今拥有18位诺贝尔获奖者的学校是很多青年向往的地方，而那儿也是邓中翰实践梦想的地方。站在大师的画像前，他也曾不止一次地想过，什么时候自己也能成为其中的一员。

在伯克利，邓中翰是一个不折不扣的传奇。普通的学生拿下一个博士学位一般需要六年时间，而他只用了五年，便拿下了电子工程学博士、物理学硕士和经济学硕士。

那是一段艰苦的学习历程。"我每天白天上课，下课后还要做科研，晚上12点左右才能回到寝室。然后从12点到凌晨三四点，我还要自学经济学的课程。早上7点钟再起来上课。"这样的学习劲头让老师和同学都觉得邓中翰有些"疯狂"。

毕业后的邓中翰曾在美国硅谷打下一片天下。在打拼时，他时常会思考很多问题：为什么日本会比中国发展得好？为什么中国没有硅谷？为什么中国没有芯片？

1999年，邓中翰带着心中的疑问回到了祖国，在中关村成立中星微电子公司，开始了"让中国拥有自己的芯片"的历程。

2001年3月，中星微"星光一号"芯片终于研发成功，邓中翰很激动，因为他兑现了"结束中国无芯历史"的承诺。

经过几年的努力，如今的"中国芯"已经进入了苹果、三星、戴尔等全球顶尖品牌的计算机和手机中，占领了全球计算机图像输入芯片60%以上的市场份额。而邓中翰也有了更远的目标，"希望能研究出更多的自主创新技术！"

陈凤莉

（原载《中国青年报》2012年2月7日第6版）

雷军：要像乔布斯一样改变点什么

不惑之年，雷军迷茫了。"我18岁时的理想一直没有实现，心里很不踏实。"这个1969年出生的"老男孩"对记者说。

他的迷茫令人不解。曾卖掉一家公司，上市一家公司，投资十几家公司的雷军，在不少同行眼中早已是个成功人士。无论是可观的财富或是创业的经历，他都一一拥有。

UC的俞永福曾这样总结雷军的"创业"经历，第一次是在金山，公众对他的熟知也多来源于此。第二次是投资，凡客诚品、拉卡拉、UCweb皆有他的身影。当时，互联网行业有这样一种说法，全中国都是雷军的试验田，"估计我们给雷总挣的钱比金山17年还要多"。

2010年4月，雷军对外宣布成立小米公司。这是俞永福眼中雷军的第三次创业。而这次创业的动力，就来自雷军年轻时的梦想。

小米手机的联合创始人林斌至今还记得，雷军找上他时，他太太问了一个问题，"这个人什么都有，还要干，他图的是什么呢？"

"我觉得我40岁重新开始也没有什么了不起的。"雷军特意了解了一下，柳传志是40岁创业，任正飞是43岁创业，他坚信，"人因梦想而伟大，只要我有这么一个梦想我就此生无憾"。

无论是面对媒体记者还是林斌这帮朋友，雷军常常说起"改变自己人生的那本书"——《硅谷之火》。那时，雷军刚上大一。图书馆里读到的这本书讲述的是乔布斯等计算机业余爱好者在硅谷发起的一场技术革命，带来整个电脑技术的变革。

到现在，雷军还记得看完这本书后的激动心情：苹果有多猛呢？Apple 2是第一款PC，乔布斯发明PC五年后，就通过IPO把苹果打造成世界500强企业，"一个20多岁的年轻人，就已经完成了所有的创举！"

双手各拿一部小米手机，在中关村打拼多年的雷军在记者面前比画着，"我希望有一天，能像乔布斯一样改变点什么。"

作为一个用过53部手机的发烧友，雷军将这次梦想的起点放在智能手机上。多玩游戏CEO李学凌记得雷军在"开工"前找他谈过一次话。当时，李学凌一直对雷军说，"手机应该是这个时代接下来最大的机会了，如果你这辈子还要创业就应该做手机。"

这个"忽悠"了一帮来自谷歌、微软、摩托罗拉和金山的朋友加盟的"梦想"，刚开始的时候，就遭到了质疑："疯了吧，雷军只做过软件，这事儿太不靠谱儿了。"过去三四年主业是天使投资人的雷军，经常看到一些失败的创业团队，"这一次充满危机感"，便常常和团队的人说一定要低调，"我们已经汇集了世界上最优秀的人、最优秀的资源、足够的钱，能不能干成事情肯定取决于我们的心态。"

雷军曾多次在公开场合表示，未来的无线互联网世界注定是"软件+硬件+服务"铁人三项式的竞争，而在他看来，小米已经做好了准备，前两步已经完成，目前还未有真正的对手。

目前市场的大多数手机，用户买回来后就很难再进行更新换代，最多也只能通过网络商店下载些软件，但是，"我们的手机是活的"。雷军选择开放需求管理。"把忠诚的粉丝吸纳为开发组，让他们跟我们一起管理，MIUI系统有三分之一的创意来自粉丝的贡献，每周升级一次。所以，小米手机里有很多基于中国人使用习惯的软件。"这也是小米手机的颠覆性所在。

一个很简单的例子，用户使用手机自带的手电筒，通常情况下只有在进入主界面后，找到软件才能打开，这让一些网友感到麻烦，毕竟需要手电筒的时候通常是在夜里或者黑暗的地方。能否在最快的时间内打开手电筒成了用户的需求。到了下一周，MIUI系统的更新来了，用户长按菜单键便能打开手电筒。

这样的设计深受用户的青睐。2011年9月，小米首次预订销售，34小时预订出30万台，是计划两个多月的供货量；12月18日，第二次预订销售，3个小时卖出10万台；2012年1月4日中午第二轮公开销售，3个半小时卖出10万台；2012年1月11日，第三轮50万台在两天内全部预订完毕。前后四次75个小时，销出100万台同款手机，这意味着什么？"就算最牛的国际手机巨头，一款手机一个月能卖出10万台，就要开香槟庆祝了。"即使最火爆的苹果iPhone 4手机，其首日销量也不过60万部。

把订购价格定在1999元，雷军表示在未来3~5年内不想盈利。"只要有了用户，就不愁没有盈利。"他说，百度和腾讯的崛起已经充分说明了这个道理，用户为王。

此次自己投资自己，雷军有一个观念，"一定要开开心心的，顺势而为，我不想把小米公司办成一个类似于金山那种苦难深重的公司，那已经是过去时了。"现在是员工累了可以穿拖鞋，上班不用打卡。

1997年重回苹果的乔布斯42岁。巧的是，在小米手机发迹的2011年，雷军也是42岁。

邱晨辉

（原载《中国青年报》2011年2月9日第3版）

姜晓丹：坚持不懈终"圆梦"

姜晓丹·微寄语

每个年轻人心中都有梦想，只要坚持不懈，长久保持对梦想的执著和坚持，那么，它终究会实现。

1991年，作为"北京市三好学生"被学校推荐免试入读清华大学时，讨厌洗碗的姜晓丹选择了自动化专业——他听说，"学这个专业能造出洗碗机器人"。七年后，这个"连机器人的影子都没见到"的年轻人和同伴共同创办了北京慧点科技开发有限公司。

大学时的姜晓丹身兼数职：团支书、宣传中心副主任、系科协主席、辅导员……大三下半学期，姜晓丹的母亲突然被诊断出患了癌症。五年制本科学习中，大四正是课程最多也最难的阶段。母亲的病情没有好转，姐夫和父亲又相继病倒，姜晓丹和姐姐要照顾三个病人。迫于压力，他向系里提出辞去科协主席的工作，却没获得批准。

人的潜能会在特定的环境下激发出来。那一年，姜晓丹学会了合理分配时间，十个手指分工合作，就像弹钢琴一样。最后，大四竟然成了姜晓丹学习成绩最好的一年，他自己都觉得惊讶。"人总需要一些经历来让自己成长。"姜晓丹说。

毕业后，姜晓丹果断踏上了创业之路。姜晓丹说，之所以做出这样的决定，一是受"打造中国自己的软件产业"这一梦想驱动，二是个性使然。"我做学生干部的时候，能力和业绩都是不错的，但好像不是领导喜欢的那种。"曾经两度当着领导面拍桌子的姜晓丹笑着说，"所以我可能还是适合自己做点事情。"

1998年，注册资金50万元、拥有14名员工和7台电脑的北京慧点科技开发有限公司正式成立。然而，以姜晓丹为首的一群"工科男"对企业的运营管理几乎一窍不通，初生的慧点不像个公司，更像是个"研究所"。

"慧点研究所"很快就出现了资金断流，连工资和房租都付不起了。连续三个月，员工工资成了姜晓丹最大的心病。"我至今仍忘不了每天早上起来坐在床边，打电话向家人、朋友四处借钱的情景。"然而即使在最困难的时候，姜晓丹也从没想过放弃，"我只觉得还没开始呢，为什么要结束？"

"这件事逼着我去学习很多东西，原来创业单凭激情是不够的。"姜晓丹明白了现金流之于企业的重要性，明白了技术和资本必须实现有效结合，才能实现他的梦想。

幸运的是，1999年11月，慧点得到了清华科技园提供的20万元借款。绝处逢生的慧点在姜晓丹的带领下，慢慢走上了正轨。十余年后的今天，慧点已经发展成为员工500余人、在全国各地拥有多家分公司、年收入过亿的成熟企业，并且连续六年被联合评定为"国家规划布局内的重点软件企业"。

回首往事，姜晓丹感触颇深："每个年轻人心中都有梦想，但随着时间的推移，一些人的梦想会变得黯然失色。不过只要坚持不懈，长久保持对梦想的执著和坚持，那么，它终究会实现。"

黄丹羽

（原载 《中国青年报》2012年2月14日第1版）

郭为：凡事尽己所能

郭为 · 微寄语

青年对自己要有所要求，做每件事都无愧于心。在做好这一点的基础上，才能不辜负父母、师长的期待。

年轻时，郭为从没想过自己会成为一名"企业家"。

郭为自小是个能读进书的人。"当时有两篇报告文学对我影响很大，一篇是写陈景润的《哥德巴赫猜想》，一篇是写华罗庚的《从平原到高山》。"从那时起，郭为迷上了数学。每天清晨，当别人捧着外语书时，他却与数学书相伴。

1978年恢复高考，郭为立志要考大学，当个知识分子。当时，他希望自己能成为一名科学家或者工程师。

1988年，郭为顺利拿到中国科技大学管理学硕士学位证书。当时，硕士生还是"稀缺资源"，很多同是硕士的同学不是进了国家机关，就是选择出国留学继续深造。郭为笑着说，"可是，我觉得到企业里工作的话，实践性会更强。"

权衡再三，郭为选择到柳传志的公司——联想。"当时联想规模并不大，但是柳总的企业家气质和视野对我是一种极大的吸引，我觉得跟着他一定能学到很多东西。"

初到联想，郭为就被安排负责联想一次誓师大会的媒体联络工作。由于他工作踏实、任务完成得出色，那次活动后，公司就任命郭为担任"公关部经理"。这虽然和当时郭为希望从事的专业领域有差距，但他还是毅然接过这个重担。

现在回想起来，郭为觉得自己的青春一直是在一个接着一个的挑战中度过的。在联想时，郭为用自己的实际行动印证了一句话：需求就是爱好。郭为一直坚持的，就是在每一个岗位上尽己所能。

挑战总是应接不暇，公关部的工作正做得有声有色，他又被调去处理财务问题；财务问题刚刚解决，一纸调令又把他"发配"去了大亚湾。

当时的大亚湾科技园工程是块非常难啃的"骨头"，而郭为对建筑业又不精通。为了尽快搞清工程情况、更好地和工程师交流，对土木一窍不通的郭为还特意买来专业书籍，学起了土木知识。

边学习边实践。在这个工程中，郭为基本承担起了一家建筑公司所有的职能：找来施工单位、设计单位，和工程师一起讨论方案、出设计、盯施工……经过努力，郭为不仅为公司节省了30%的预算，还充分确保了施工质量，交出了一份非常令公司满意的答卷。

虽然这些工作都与自己的专业不相关，但郭为认为，这些经历对他来说，都是一笔笔难得的财富：公关部经理的工作让他学会了跟人打交道；在大亚湾的经历，让他了解了房屋建筑、装修，涉及土建等方面的问题。在郭为看来，这些经历给他最大的收获，就是让他跳出了理科生固有的思维方式，为他看问题提供了更广阔的视角。

2000年，联想将旗下两项业务分拆，郭为接过了"单飞"的神州数码。"很感谢联想给我创造这个成为'企业家'的机会。"至此，郭为正式完成了从"知识分子"到"企业家"的蜕变。

在别人看来，郭为是个成功人士。然而在郭为看来，成功是没有标准的，"其实成功是内心的一种感受。只要把自己该做的事情做好，展现最好的自己，就会感受到幸福，那就是你的成功。"

黄丹羽　　徐　盼
（原载《中国青年报》2012年3月7日第3版）

郑众喜：技术这东西差一毫米都不行

作为一名曾在日本、美国学习工作生活了近14年的老海归，北京优纳科技有限公司董事长郑众喜尽管已经头顶"中关村十大海归新星"、"中关村高端领军人才"等光环，他却说，自己骨子里是一个追求极致、追求卓越的梦想家。

郑众喜1992年从中国科学院自动化所人工智能及智能控制专业毕业后去日本留学。之前虽然学过一些理论，但由于当时国内条件落后，他基本没有接触过实验室里那些先进设备。

"压力下面，动力也很大。"郑众喜每天带着笔记本记单词，虽然没有进修过语言班，但凭着过人的记忆力，三个月后基本搞定了跟技术、设备相关的词汇，半年后与人交流已经不在话下。

随着语言障碍的解决，工作上也是频传捷报。郑众喜专注研究，成功研发出全球第一台光学全自动集成电路检测设备系统，第一台全自动X线集成电路检测设备。

在日本已经享有很高声誉的郑众喜没有因此而满足，而是选择到美国去，他笑着说："因为我还有一个美国梦没有实现。"当时，日本中央研究院极力挽留，并承诺只要他留下来，就会给他优厚的待遇。站在十字路口，左边是真诚挽留，右边是未圆之梦，向左还是向右，他并没有过多地犹豫，"我卖了家具和车，背上背包就去了机场"。

1999年，郑众喜开始转战美国硅谷，进入了世界上半导体检测领域排名第一的KLA公司。一年之后，他便荣升为公司里某部门的负责人。

2001年，日本国立弘前大学的佐藤教授带了手下七个助教到硅谷寻找郑众喜。在老先生的劝说下，郑众喜担任了日本弘前大学的客座教授，就这样他奔波于美国和日本之间。

机会总是眷顾那些有准备的人。在一次实验课上，郑众喜发现在显微镜下观看切片很费力。这一想法为他的人生打开了又一扇窗——医学。郑众喜从此在弘前大学攻读医学博士。此后，他不但顺利完成了学业，还设计了数字切片扫描设备的雏形，为回国创业拉开了序幕。

2000年左右，国内一家公司投资数百亿元建工厂，从全球采购半导体设备。"我当时工作的美国公司是设备供给方之一。由于这个行业当时在中国是空白的，所以别人给你开什么价就只能接受。国内的人当时很单纯地认为是公平交易，可是实际上却是用高价买回了一堆过时的设备，自己还全然不知。"那件事深深触动了他，"没有硝烟的战争更可怕"。同时，他也敏锐地发现了巨大的商机。就这样，郑众喜放弃了安逸的生活，中年下海，开始了未知的归国征程。

2005年，郑众喜回国创立北京优纳科技有限公司。"刚回来的几年里，我很不适应。"郑众喜说。虽然在日本和美国的经历让他积累了很多人脉和名气，但创业路程依旧艰辛。

由于惯性思维，他延续着在美国和日本的管理模式，却发现问题层出不穷。他说："员工总是觉得工作差不多就行。"然而，郑众喜却追求精益求精。"技术这东西差一毫米都不行。"说到此处，郑众喜表情认真。

郑众喜"把高端设备引入中国，不求快，不求出名"，他踏踏实实"走路"，稳健地带领公司朝自己的理想前行。2006年，当优纳第一台数字切片扫描系统研制成功时，国内很少有人了解这一领域，经过几年的发展，该系统已经成为病理数字化、医疗信息化、远程化不可或缺的一部分。随后，优纳对该项数字切片扫描技术的应用领域进行了延伸，2009年，率先成功把该系统应用于特异性免疫细胞自动扫描和筛查。2011年，他带领企业在全球率先实现PCB贴片的双面同时检测，打破了该领域高端设备被欧美企业长期垄断的局面。而亮相第十四届科博会的"数字病理远程会诊"一体化解决方案让人眼前一亮。这套医疗设备和医疗技术对那些边远地区的患者而言无疑是一大福音。

"技术专家只需要致力于研究，但作为企业家，要关注各个方面，包括产品、市场、销售、人事、财务等，需要更多的积累和经验。在成立了我自己的企业之后，我更愿意努力做一名合格的企业家。"用独特的创新技术造福社会，是郑众喜的奋斗目标。

桂　杰　罗　佳

（原载《中国青年报》2012年3月20日第3版）

王长田：打造中国的娱乐传媒王国

　　无论你是窝在沙发上看电视，还是坐在电影院里享受电影，或者只是在地铁通道里无意间瞥了一眼挂在墙上的液晶屏幕，你都有可能看到光线传媒生产的娱乐资讯和影视节目。

　　你可以说，光线传媒是一家电视节目制作和发行公司，因为它拥有全国最大的地面电视节目联播网，每天要播出6小时的电视节目，被称为"没有电视台的电视台"；也可以说它是一家演艺活动公司，因为它每年要举办上百场颁奖礼、演唱会和城市节庆活动；还可以说它是一家广告公司，因为它为诸多商业品牌做宣传推广。

　　以上说法还不全面。光线传媒还是一家电影制作和发行公司。自从2006年进入电影市场，它制作的电影已位列华语票房的前三名。光线传媒还涉足电视剧制作和营销，正在打造艺人经纪人公司……

　　光线传媒如同一个工厂，每天都流水线式地制造娱乐文化产品。

　　1998年，王长田在"下海"成立一家名叫光线电视策划研究中心的公司时，他并没有想到光线会成为今日如此庞大的一个娱乐传媒王国。在此之前，王长田在中华工商时报当过记者，后来又走进电视台。他不是很"安分"，两次在职业生涯处于上升期的时候选择离开和"转型"。

那一次的"冒险"再也没有回头路了。在决定"下海"办公司之前，王长田和北京电视台彻底脱离关系，趟进了民营电视节目制作这条在当时还看不清底的河里。

创业初期并不是很顺利。王长田看准当时极度匮乏的娱乐资讯类节目，擅长制作电视新闻的光线团队打算用电视娱乐新闻来打开市场。他拿着节目样带一家家找电视台谈合作，冷眼和闭门羹没少遇到。最困难的时候，王长田回老家给父亲办丧事后找亲戚借10万元，给员工发工资。

苦日子终于熬出头，签约的电视台逐渐增多，光线还卖出了节目的冠名权。2000年年底，公司逐渐走上正轨，销售额3000万元，盈利1000多万元。即便如此，光线传媒都还时刻面临着倒闭或者被收编的危险。一个摄像或记者要走，王长田都要惊恐好半天，生怕人都跑光了。

2006年前后，暴风雨来临。国内省市电视台与有线电视台全面合并，一大批民营电视节目制作公司相继被打得"七零八落"。不过，在王长田看来，危机不是突然爆发的，"民营制作公司弊端显露出来，比如人员不专业，节目本身也并非不可取代"。

王长田形容自己是一只"骆驼"，他总是会安静地积蓄力量。很多同行业公司在沙漠里跌倒的时候，他却带着光线传媒走了下去，而且还找到一片片新绿洲。2006年之前，光线传媒早已实现盈利，并靠着前几年攒下的"家底"维持稳定的运转，"最难的时候也没有停过一期节目"。

也正是从遭遇风暴的那一年开始，光线传媒开拓出地面活动的商业空间。同是2006年，光线传媒进军电影领域。两者都成为光线现如今重要的盈利业务。"也许不经历这个低谷，也不会有如此强的动力去开拓新的业务。没有永恒不变的商业模式。"王长田感叹道。

2008年以后，民营传媒公司的市场开始复苏，光线传媒也走上了高速发展的快车道。此时，光线传媒逐步形成完整的产业链，"拥有了依托电视联播网络，各项业务相互支持的矩阵发展模式"。2011年，光线传媒成功上市。

王长田不只想把光线传媒办成中国民营娱乐传媒圈的"老大"，在他心底更是希望让娱乐传媒成为一个受人尊敬的行业。

为了争取健康的成长环境，他曾公开挑战和曝光过行业的"潜规则"。2004年，光线传媒创办的音乐风云榜颁奖典礼已走到第四届，有唱片公司和歌手想跟光线传媒"谈奖"。王长田拒绝"被绑架"，并直言："一些公司在用自己的方式试图来破坏我们制定的规则，我们不会妥协，我们要坚持走下去。"

陈　璇

（原载《中国青年报》2012年3月26日第3版）

一家民营科技企业的国际化道路

王洪锋：从"中国制造"中浴火重生

王洪锋似乎更像一个技术发明家。

走进这位纽曼腾飞科技董事长的办公室，最引人注目的是橱窗内琳琅满目的手工艺品，占据了整整一面墙。起重机是王洪锋初三时做的，每一个零配件都是手工完成；大学期间制作的大型音箱几年前还能传出美妙的旋律，而今因为零件生锈静静地躲在一隅。

作为技术发明人，他甚至打破了插座行业几十年来的格局，在国内首家实现了电脑、电视、空调、家庭影院和饮水机五大系列专用插座的细分，赢得了"节电插座第一人"的美誉。

他不建议大学生一毕业就创业，"困难太多了，失败的太多！"而那恰恰是他自己走过的道路。

1996年王洪锋从北京邮电大学通讯电子专业毕业，放弃了分配到老家成都电力部门的机会，选择了北京一家外企。上班不到半年，"脑子一热，就下海了"。

海淀区知春路，一间20多平方米的简陋小屋，开始了纽曼的创业史。王洪锋和大学同学带着借来的4万元钱开始了北京的创业奋斗。没钱注册公司，只好挂靠在一家电子公司旗下。

得益于王洪锋大学期间做单片机、软件电子、硬件电子的经历，团队选择的第一个项目是录音设备系统。当时，通讯领域蓬勃发展，创业者又有技术优势，美好前景似乎触手可及。

然而，等这帮初出茅庐的年轻人真正进入领域后才发现行业壁垒高，缺成功案例，人脉资金短缺，阻力重重。

前四个月没有接到任何订单，4万元的资本也因购买设备、缴纳房租告罄。他们不得不靠在中关村帮人组装电脑度日，一个队友迫于生存压力选择了离开，一向执着的王洪锋也有些动摇，一度翻看GRE词汇准备出国。

不甘心就这样放弃，王洪锋翻开一尺厚的全国电力系统黄页，"打完了上面所有的电话找合作"。

无数次碰壁后，山东诸城一个电力调度录音项目为纽曼提供了机会，这个项目需要借助当时很先进的数字电话机完成，录音行业的公司尚无力使用数字音频接口，纽曼凭借技术优势签了第一笔7万元的订单，和这珍贵的第一桶金同样难忘的是第一次醉酒。

当年7月顺利签下第二笔订单，垂青纽曼的是寻呼台项目。当时的艰辛历历在目，"顶着烈日，我骑着自行车从知春路到车道沟，跑了近20

次为合作方提供售后服务。"王洪峰说。

这两笔"破冰"订单迎来了纽曼的春天，随后订单源源不断，"现在想来，一切就是你不断坚持的结果"。

到2001年左右，纽曼已经占据了全国寻呼行业录音市场一半的份额，公司规模扩展到50人以上，年销售收入过千万，国家电力调度中心、北京供电局这些大项目全部使用纽曼的录音设备。

此时正逢电子产品疯狂占领中国市场，纽曼抓住了新的市场机遇，销售起移动硬盘盒，正式进军IT数码消费电子行业。

当时受芯片发展的限制，行业同质化现象严重，企业靠价格战竞争，甚至有些企业不惜血本，以零利润或负利润求得生存。

"让'纽曼'品牌深入人心才是出路"，王洪锋带领团队不断地更新外观，不断地宣传，"纽曼"品牌初进市场就大受欢迎，假IBM硬盘盒和纽曼硬盘盒一度成为最畅销的产品。假IBM硬盘盒虽然享有价格优势，但纽曼销量依然领先。"真假IBM硬盘盒"之战见证了"纽曼"的品牌力量。

为了降低成本，纽曼先后收购了三家电子厂和多家相关工业厂，研发团队不断壮大，产品迅速入围市场前三。纽曼随后推出移动硬盘、U盘、MP3、MP4等，这位企业家表露出固有的沉稳与自信，"国内的移动硬盘我们是做得最好的，MP3、MP4在国内也是数一数二的"。2006年，纽曼冠名"梦想中国"，在全国彻底打响了品牌。

王洪锋把目光投向了国际市场。

2007年纽曼组团参加美国拉斯维加斯的美国CES消费电子展，在这个世界上最大的消费类电子产品展会上推出了一系列国内畅销的数码产品。

然而，此前一路顺风顺水的纽曼遭遇了前所未有的"寒流"。CES获奖展区中没有中国的产品。纽曼前期投入几十万却没有收到一个订单。

"我的东西和别人的东西都一样啊！"王洪锋第一次意识到，国内所谓"高科技企业"依然没有摆脱"中国制造"大旗的阴影，产品严重同质化，缺乏核心竞争力。

以此为发端，纽曼放弃了制造盈利的扩大生产，开始大笔投入哺养短时间难见成效的自主研发之路，每年科研投入高达800万元，占全年营业额的15%以上——这在中国的大多数"科技型"企业依然是个天文数字。就是在业内以科技创新闻名的纽曼，王洪锋坦言，此前基本也是代工生产，创新研发投入微乎其微。

王洪锋看破一个道理，"出来混，迟早是要还的"。

纽曼技术力量专注差异化产品渐出成效，共振音响、电视投影机等一系列新奇特产品拥有多项专利。

2011年，纽曼全面推出了历时三年的研发成果，电话、电脑等融为一体的三网合一终端——凤PC，这是全球首个智能一体化办公产品，同时针对自主创新的平台注册了纽曼创新品牌"凤"。王洪锋深深体会到了自主研发的艰辛，"告别拆开一台机器就敢自己做的时代，模具制作、设计、整合、技术融合……所有的环节对我们来说都是全新的"。

但他也开始尝到了原创的甜头。

2011年10月，凤PC在美国拉斯维加斯CES上成为中国企业走出去的一大亮点，站台每天都被"打了围"，连样机都被买走了，美国两家知名代理商找上门来签约，中东、南美等地区也分别找到了代理商，苛刻的代理商们不约而同树起了大拇指。

然而，这距离一个全新产品的真正市场化依然遥远，王洪锋把眼前的这段历程看做自己的新一轮创业，正像他所选择的代表自主创新的"凤"品牌的美好寓意一样，他期待"历经涅槃，浴火重生"。

王　倩　雷　宇

（原载《中国青年报》2012年4月18日第3版）

胡捷：让人网购时有了伴儿

"60后"胡捷自称是个不太安分的人。上世纪90年代在美国西北大学取得金融学博士学位后，相继在美国联邦储备银行和投资银行工作，每一段工作时间都不超过五年。

新世纪的钟声一敲响，按捺不住创业激情的胡捷便放弃高薪职位，投身到充满风险的互联网行业，却不幸遭遇互联网泡沫，"还未开始就已经结束"。过了一年，他又用多年积攒的资金在朋友的支持下选择研发企业管理软件，却因后续投资未能跟上最终以出售给一家管理软件巨头而告终。

不安分的因子似乎没能给这位"海归"高材生带来太多创业的成就感，但胡捷却未曾沮丧，"即便以前所有的创业都是失败的，但只要下一次我站了起来，那么前面所有的失败都是有意义的。"

面对记者说出这番话时，胡捷已经站了起来，成为被中关村科技园领导看好的"布谷科技"的创始人，并试图打造下一个属于中关村的网购品牌。而这一次的创业，来得则有些意外。

三年前，在妻子的鼓动下，从未玩过数码相机的胡捷决定买一个相机。但在购买前，久战商场的胡捷下意识地选择来一番"市场调研"。

"不调查不知道，一调查才知道'无从调查'。"一开始胡捷就考虑在网络上查相关资料，但是网络上的店铺成千上万，产品太多，"根本不晓得咋个买法，怎么衡量好与坏，如何挑一款适合自己的相机"胡捷拿不定主意了。

事后，胡捷思考良久。"购物这个东西，除非你很熟悉，否则一定是一个社会化的东西。"

为了印证自己的判断，胡捷又专门跑到商场门口蹲守，发现独自一人进商场的顾客只占20%，剩下的80%都是两个人以上进去的。他慢慢意识到，网购虽然有很多优势诸如价格低、便捷，但和传统商店里实体购物相比，却是一件"心理上较为孤独的事"。

就这样，以己推人的心理需求让胡捷看到了市场空白——如何满足人们在网购时的社会化需求，尤其是网购市场解决了发展初期的物流和配送瓶颈后，这些深层次的问题就暴露出来了。

他想到了"足迹"，"如果我们分享虚拟世界的足迹，会让消费者在网购时感到和一群人同时在看一件商品一样，也知道看过这个商品的人的下一个目标是什么。"

过了半年，淘免单网的前身布谷网上线了。最初，这是一个定位于购物分享的网站，买家把自己的购物心得、体会在网站上发表，吸引其他用户前来注册和分享。这有点类似市面上已经有的拼图网、蘑菇街、街旁网，但又不完全相像。胡捷的"分享"不只是局限在信息分享上，还要在购物上有更为实在的体现。

"你把足迹告诉我，我会给你优惠。"胡捷和公司团队调研了市场，发现当时已有一些返现网站通过给折扣的方式吸引用户。他决定另辟蹊径，新增免单的方式，即设置一定的概率让用户有一成的概率获得完全免费的优惠。

比如，一个市场价100元的商品，甲家不打折，但有抽奖的机会，有29次甚至10次的概率能够免费；同样是100元，乙家打8折，胡捷调查发现，大多数消费者会选在甲家买。

免单的点子冒出后引来不少同行拍手叫好，但消费者却不相信有免费午餐的降临，"谁能保证你没有内部操作呢？"

胡捷和同事考虑了很多手段，最后决定采取一个非对称密钥加密的办法，即在抽奖之前，让用户下载写有中奖号码的加密文件。抽奖之后，用户会获得打开文件的密码，核查文件内的中奖号码是否与开奖号码一致，保证抽奖结果的公正。胡捷为此还申请了专利。

为了推广这种机制，胡捷更是不惜赔本挣吆喝，为淘宝的一个服装卖家推出了15中1的免单机制，买家免费的钱由他来承担。一传十，十传百，免单机制逐渐积累了人气和流量，并渐渐为多数消费者所接受。

眼球吸引来了，但一些操作不便的问题依然困惑着这个爱较真儿的创业者，"我每天都要试着几十次上自己的网站，体验需求的变化。"

胡捷发现，买家在网购时需要同时打开网购网站和布谷网，这在网友购物的时候并不方便，相当于现实中你在购物的时候，由于同伴不在身边，而为了征求他们的意见还要不时地接听电话。

一个新型的客户端就此产生，并与淘宝等网购网站关联，在买家打开这些网站时自动打开客户端。胡捷还给客户端起了一个好听的名字——"淘伴"，"顾名思义，就是你不用去照顾它，而是它伴随你。"

渐渐地，专注和淘宝网的对接，让胡捷的淘免单网尝到不少甜头。他告诉记者，淘宝吸纳淘免单网为合作伙伴，并在内部通道向40多万卖家推广了淘免单网，而这40多万卖家都成为淘免单网的合作卖家，买家用户也增长到30多万人。

如今，"淘伴"上每天的活跃用户在5000至1万人，胡捷旗下的公司也可以从卖家那里获得一些佣金收入。

去年年底，"淘伴"企业入选中关村推出的"金种子工程"，在胡捷看来，这是一个新的开始，帮助网购消费者得到朋友、推荐和优惠的同时，他自己也收获了不少人气。在互联网时代，他坚信，有更多的人气就会有更大的市场。

邱晨辉

（原载《中国青年报》2012年4月20日第3版）

中关村神话

走进伴随中关村技术创新、体制创新和产品创新的那些引人入胜的故事和细节

中关村是一个不断产生创新创业神话的地方。

这里聚集了以联想、百度为代表的高新技术企业近两万家，形成了以电子信息、生物医药、能源环保、新材料、先进制造、航空航天为代表，以研发和服务为主要形态的高新技术产业集群。

这里的创新创造打响了中国民族品牌崛起的阻击战，撕开了国际垄断的天幕；这里的创新创造正在走出国门，一批技术甚至影响全球；这里正在孕育具有全球影响力的科技创新中心。

让我们一起走进伴随中关村技术创新、体制创新和产品创新的那些引人入胜的故事和细节。

智能城市已在我们身边

"如果你到北京大兴的星光影视园去，可以首先在家里预订好影视园的车位，进入影视园时，门口的屏幕上会显示：欢迎贵宾×××，您的车位在×××，您在园内的所有行动都能得到明确的提示，在这里每个人都能成为贵宾。"北京时代凌宇科技有限公司董事长兼总裁黄孝斌博士说。上面提到的这个影视园是黄孝斌所在公司参与设计的智能园区管理的典型案例。

影视园其实就是一个缩小的城市，"现在所有的技术都已经具备，智能化城市管理在技术上已经不是问题。"黄孝斌说。

一个手机软件可帮你设计出行方案

在北京，如果你开车从北五环出发到市中心的西单，在非交通高峰期大概需要半个小时，但是如果在高峰期则完全无法估计，可能是一个小时，也可能是两个小时。

交通的不顺畅不仅影响整个城市的效率，也直接影响着城市人的幸福感受。

"现在，如果你在手机中装上一个名为'掌城路况通'的软件，就可以及时了解某条路上的拥堵状况，随时调整行车路线。"北京千方科技集团有限公司董事长夏曙东说。这个软件每五分钟更新一次。

今年六七月，可以下载到手机上的软件将会有更加丰富的内容，你只要输入出发地和目的地，软件将综合出发地和目的地沿线的道路拥堵情况，公共汽车、地铁站点设置情况，为你设计出一个最便捷的出行方案，"如果选择地铁的话，这款软件能细致到告诉你地铁哪一节车厢离你的出站口更近。"夏曙东说。

同时，很多开车人使用的GPS（全球定位系统）也会更加"聪明"起来，夏曙东介绍，他们研发的导航系统除了提供地图外还将加入时时的道路车辆状况，让导航服务不再冷冰冰的。"同时，这个系统还是互联、娱乐、安全控制和信息获取的终端，届时，一个人在车上可以做他本来只能在家里或是办公室才能完成的事了。"

控制中心可以远程遥控让危险的车辆停下来

小王是一个外来务工人员，住在北京市朝阳区的城乡接合部，小王烧水做饭全都使用液化气罐。

这存在着很大的安全隐患。

黄孝斌的公司在小王居住的地方正进行着智能化管理的试点。现在，这个地区的每个液化气罐都安装了一个感知监测的小部件，只要它检测到这个液化气罐周围的空气中有毒气体浓度超过了安全限度就会马上报警。

城市的安全隐患还可能是流动的。

交通事故已成为"世界第一害"，而中国是世界上交通事故死亡人数最多的国家之一。据了解，夏曙东所在的公司正在与各地交通管理部门合作，研发道路运输车辆卫星定位动态监控系统车载终端与监控服务平台，这样，每台安装了车载终端车辆的加油量、每个时间段到过的地方、车辆的休息情况等都能进行实时监测。

"当这些车出现了一些不安全的行为，比如疲劳驾驶、超载、超速等时，系统马上就能知道，特别紧急的情况发生时，控制中心还可以关闭车辆的油路，强迫车辆停下。"北京千方科技集团有限公司的研发工程师宋晓达说。

物联网让人与物有了沟通

我们正在进入在物联网时代。黄孝斌说，"这就是要能让人与物进行沟通。我们首先要感知事物，知道它是什么、在哪里、处于什么状态、正在发生什么变化。然后，我们就能对物进行监测和控制。"

最简单的例子是在超市购物，每一件商品上都有一个条形码，条形码就是人类识别商品后给它配备的身份证，只要在这个条形码上轻轻一扫我们就可以知道这个商品的所有属性。

物品被识别了之后，它们也变得聪明起来了。

黄孝斌介绍，城市所有的照明系统都能根据亮度自动开关；商场的空调系统也能根据实际温度自动调温；当路上的两辆车逐渐靠近并且超过了安全距离时，车上的智能装置就会报警；残疾人在家中就可以进行身体状况的监测……

城市的智能化其实依靠的是掌握着先进科学技术的人。

以千方科技集团有限公司和时代凌宇科技有限公司这两家位于中关村的企业为例：黄孝斌2007年从国企辞职后创立了公司，夏曙东2000年创办公司时还是在读博士。两个"70后"的掌门人带领着更多的年轻人做出了充满激情的事业。

在北京市海淀区一个办公楼内，一位工作人员早上走进办公室，室内的空调便自动打开了，把室内的温度调节到事先设定的温度，经过一上午的工作，这位工作人员离开了办公室，几分钟后，屋内的空调自动关闭了。

这一切发生得非常自然，几乎让人觉察不到。

我们的生活就这样变得智能化了。

樊未晨　　庄郑悦

（原载《中国青年报》2011年4月1日第3版）

在外国移动通信厂商织就的天罗地网中
终于有了中国自主的信号

3G标准背后的国家利益之争

刚刚结束的两会上，全国政协委员、中国移动通信集团公司董事长王建宙透露，由我国主导的4G通信技术将在七个城市进行试点。此时，距这个被称为TD-LTE-Advanced的4G标准成为国际标准不足半年时间，距我国主导的3G通信技术在全国商用也仅两年时间。

惊叹4G通信技术的高歌猛进之际，也许鲜有人会注意其背后的故事：这是一场有关国家利益的战争。

每一个标准背后，都是一个国家的利益

这场战争，发端于1998年。是年，国际电信联盟公开征集第三代移动通信（3G）技术标准。

与其他行业不同，移动通信行业历来是跑马圈地，先入为主。原因很简单，移动通信对网络前后的一致性和设备间切换的便捷性要求极为苛刻，哪个运营商也不愿意承担后期高额的维护成本。

囿于国内通信行业的整体发展水平，在第一代和第二代移动技术标准上，我国曾经采取了以市场换技术的策略。欧美七个国家的八大公司几乎控制了整个全球市场，标准在别人手中，中国的企业没有任何主动权，结果是技术没换到，市场也放了出去。

拥有世界上最多的移动个人用户，守着让所有人垂涎欲滴的市场大蛋糕，却只能眼睁睁地看着别人在这里赚得钵满盆满，真金白银哗哗地流进国外企业的腰包。

"每一个标准背后，都是一个国家的利益。"时任3G无线传输技术评估协调组组长曹淑敏的话得到了很多人的认同。要改变这种窘况，唯一的办法，就是自己掌握标准。

1998年的3G标准征集，是一个机会。顶着国内诸多关于中国"能否玩得起这个游戏"的质疑和争论，国内组织权威专家进行反复激烈的讨论，1998年1月的香山会议，时任邮电部科技委主任的宋直元坚决地拍了板儿。2000年5月，中国申请的TD-SCDMA终于被正式批准为第三代移动通信国际标准。

仅凭一家企业，这是一个"不可完成的使命"

有了白纸黑字的标准，还必须完成关键技术突破并将其产业化，才能真正转化成生产力。这个历史重任，落到了标准的最初提出者大唐电信集团的肩上。

当时，国内面临的形势不容乐观，社会各界普遍对TD-SCDMA标准缺乏信心，鲜有支持者，多数企业站在一边静静观望。

与此同时，TD-SCDMA在技术研发等方面也暴露出一些问题。大唐推动新标准产业化的步伐，从与西门子合作开发基站开始。但很快他们发现，整个产业链上其他环节的产品和企业几乎是一片空白，每一个环节都要自己来开发。大唐意识到，仅凭他们和西门子，这肯定是一个"不可完成的使命"。

此时的TD-SCDMA，濒临研发难以为继的边缘。严峻的现实迫使政府相关部门和国内通信界更深层次地思考TD-SCDMA的未来发展：只有形成一个产业联盟，上下游的企业通力合作，才有可能建立起一个国内主导的移动通讯产业链。

知易行难。彼时的国际国内形势都非常不利：TD-SCDMA和CDMA2000、WCDMA虽然同为3G的国际标准，但发展的成熟度不可同日而语。

所以，当大唐振臂一呼时，企业的反应却出奇的冷淡。

TD联盟秘书长杨骅至今依然清楚地记得，当时还在大唐工作的他和时任大唐移动总裁的唐如安一家家地登门拜访，但根本就见不到企业的高层。拜访了十家企业，只有一家见到了公司的二级领导，"这是我们见到的最大的领导"。

经过反反复复不知道多少次的沟通说服，终于，有九家企业同意发起成立联盟，虽然绝大多数并非真正看好新标准产业化，完全是"出于道义上的支持"。但于大唐来说，这也已经是超出想象的好结果了。

2002年10月29日，联盟成立的前一天晚上，会场全部布置完毕，一家企业突然电话通知退出，理由是：参加联盟不确定能给企业带来什么，还可能以各种名目收很多钱，强扭的瓜不甜，大家只能一通手忙脚乱，改背板、改资料。而另一边，联盟内企业间的谈判还在进行，几个问题尚不能达成一致，多方电话会议与现场会议同时进行，一直持续到半夜两三点，联盟企业总算在一些重大问题上达成了一致。

外国移动通信厂商织就的天罗地网中
终于可以搜索到中国信号

距离联盟成立还有两个星期的时间，企业的代表们还在不分昼夜地讨论联盟的章程、组织架构、工作办法。因为涉及到自身利益，大家吵翻了天。不过回头再看，杨骅坦言当时"吵成那个样子是值得的"，"如果开始框架没有搭好、规则没有定好，TD产业联盟也许走不到今天"。

事实上，在其之后，仅中关村就陆续成立了几十家不同行业的产业联盟，但不少联盟某个企业的色彩太浓，鲜有像TD联盟这样完全是独立的第三方，并在产业发展中起到中流砥柱的作用。一个典型的细节，为了确保联盟的中立性，杨骅专门从大唐出来专心做联盟的工作。

　　这种积极的争吵帮他们廓清了很多原则性的东西，对三个有关联盟发展的关键问题——知识产权问题、技术转移问题和企业间的合作问题，确定了创新性的处理原则和具体办法，而这一点，对产业联盟日后的发展产生了极其深远的影响，也为其他行业的连横发展、系统创新提供了一个经典范本。

　　联盟成立初期，一些死对头企业很有点老死不相往来的劲儿。联盟开会，有的企业领导话讲得很清楚："有哪家在我是不参加的"，或者，"我参加可以，只要谁谁在我不讲话"。但是，共同的市场利益、重大技术问题一起攻关探讨的原则，要求大家必须摒弃前嫌，一致对外。于是，在这个行业里经常会看到这样一幕奇特的场景：联盟内部，大家坐在一张桌子旁，有问题共同探讨，而且可能后来还成了朋友；但出了这个圈子，彼此又相忘于江湖，为了各自公司的利益兵刃相见。

　　解决了关键问题的TD产业联盟，就像一个虽先天不足但后天喂养得当的婴儿，飞快地成长着。而惊人的发展速度，令国外的同行目瞪口呆。2008年，杨骅到欧洲参加技术交流会，当听到杨骅说中国有1.8万个基站却还处于预商用试验阶段，来自德国的会议主席吓了一跳：在欧洲，1987年开始研发、2005年真正成熟的WCDMA标准，全德国不过有5000多个基站！

　　在外国移动通信厂商织就的天罗地网中，终于可以搜索到中国自主的信号了。截至2010年年底，在移动、联通、电信三分天下的国内3G市场，TD-SCDMA占有45%的份额，其中，国内厂商的市场份额由2G时代的5%飙升到80%。

战略意义远不止于此。

TD产业联盟的建立过程，还给国家培养了一支国际标准的人才队伍。杨骅戏称，锻炼出了一支"用英语吵架很溜"的队伍。

更为重要的一点在于，摸索出了一条符合中国实际的创新办法：在开放的市场条件下，落后的国家如何赶超。

李洁言

（原载《中国青年报》2011年4月8日第3版）

汉王的老兵新传

到目前为止，汉王科技股份有限公司董事长刘迎建自己也算不清楚到底请多少人吃过汉王免费的午餐。

1998年，为了收集不同人群的字体，刚刚成立的汉王公司就设置了一个字体采集部门，直至今日这个部门依然履行当初的承诺：任何人，不论老少不论出身不论书法好坏，只要随便写上200个汉字，就可以享受一顿免费的午餐。

午餐的地点随着汉王的发展而有所迁移：从刘迎建最早研制这项技术的军营，到人群密集的火车站，再到如今汉王大厦的所在地中关村软件园。汉王的积累也越来越多：它建成了600万字的样本库，第一次解决了笔顺不限的识别问题。

对普通消费者而言，汉王的技术带来更直接的感受是：在手机上写汉字可以越来越难看，可是手机的识别率却越来越高了。

汉王一直为自己的科技创新而自豪：用手写板的用户，有很多人惧怕键盘，惧怕接触信息化。就是因为有了汉王，他们就能够使用这种高科技的信息通道了。

1998年成立之初，汉王向微软公司进行手写识别技术授权并举行签字仪式，成为国内首家向微软授权的IT企业。如今，汉王在手写市场占有率超过70%，OCR领域市场占有率超过50%，微软、诺基亚、三星、索爱、LG、联想、TCL等国际国内著名厂商相继采用汉王技术。

很多人对汉王并不服气：汉字手写输入的技术含量高吗？

"10个人写的字是局限的，100万人写的字特征有提取点，通过算法是能找到规律的。"汉王副总裁徐冬坚解释，他给记者算了一笔账："借助科技手段完成60%的水平，要用3天的时间；90%，用3年完成；再完成8%，用30年；最后的2%，是一生。"

实际上，在中国做软件的尴尬有目共睹。一方面是新的软件一旦投放市场，各种山寨版本蠢蠢欲动；另一方面是前些年社会对软件业不理解，有个经典的段子是：早些年，很多政府官员和普通消费者这样评价软件公司：不就是做光盘的吗？一块九就能买一张。

"在中国做高科技企业，汉王必须有自己的核心算法，有独立制造的能力。你的命运一定要掌握在自己的手里，这是做强做大的根本。"徐冬坚说。

在中关村，这点体现得尤为明显：平均每2.94年就倒闭一批公司。幸运的是，刘迎建，这位58岁通信兵出身的工程师，是中关村高新技术企业家中为数甚少最终做到全球市场领先的技术创新赢家之一。

在成长过程中，汉王如同年轻的小伙子一样，"犯过所有该犯的错误"。

2000年，由汉王提供软件的商务通在中国市场做到了几十亿元的规模。刘迎建心里打过小算盘："肥水不流外人田，我们为什么不能做？"之后他决定投资做智能电话，认为集成手写和PDA功能的产品会有巨大商机。此后三年，汉王推出了五六个机型、相继投资近亿元后，才意识到决策是错误的：以汉王这样的企业规模，想占领一个潜在的、巨大的通用产品市场是不可能的。

智能电话机项目失败后，刘迎建在汉王内部项目决策体系定下了五项原则：是不是符合汉王主业？是不是长线投资？是否聚焦在专长上？有没有强大的竞争对手？符不符合长远利益？

对根本利益，汉王有了更深刻的体会，就是保护自己的"领地"。而有时，这是需要付出牺牲的。在做手写板的捆绑时，汉王曾遭遇到台湾企业的竞争，对方比较擅长硬件，可以把成本做低，质量也不错，软件则和别人合作做。但因为手写是汉王的主业，汉王赔钱也坚持做。一年之后，台湾企业撤退。

在公司创立之初，刘迎建把目标锁定在做中文信息处理，以汉字输入作为公司主要的立足点。"我们想成为'汉字输入之王'，于是便有了'汉王'"。但是，汉王显然不仅仅满足做"汉字输入之王"。

创新一直是汉王的立身之本，每年它都会把销售额的10%投入到研发中。13年来，从手写识别技术到笔迹输入技术，从光学字符识别（OCR）技术到嵌入式软硬件技术，汉王成为中国IT业中为数不多的拥有核心技术的企业之一。

"汉王的创新宝库里每年都有很多宝贝推出来。"刘迎建说。如今的汉王被人津津乐道的是它已经成为国内电纸书行业的龙头。

2008年7月，在潜心研发两年之后，汉王电纸书进入市场。2009年，汉王一跃成为全球前三位的类纸电子阅读器供应商，并借此进入数字出版这一崭新领域，为从"手写之王"到"电纸书之王"的跨越转型开辟了道路。

在这一年召开的第二届中日韩科技部长会上，科技部部长万钢分别向日韩两国代表赠送一份"国礼"：不是中国留在世界印象中的传统礼品，而是中国自主创新产品——由汉王生产的全世界第一款可以手写的电纸书。有海外媒体对此评价说，"将此产品赠予以电子产业闻名的日本、韩国，其意义之重大已超越国礼之本义。"

一次，汉王在德国演示汉王的嵌入式最新产品，来自法国和俄罗斯的人脸识别专家，当时就判定这是连接着电脑的。汉王的技术人员说，这里真的没有连着电脑。两位专家惊叹不已，带着一拨拨的人来参观中国的最新技术。

"中国企业的核心技术方面，在很多领域走在世界前列。"刘迎建非常自豪："汉王就是要创造出改变人们生活的新的电子类产品。"

如今，刘迎建有了新的想法：世界由许许多多"漩涡"构成，唯有进入漩涡，才能得到通往商业天堂的途径。对于汉王来说，他所进入的漩涡就是全球智能交互领域。在这一领域，识别是关键。如果汉王仅仅满足于在汉字识别、扫描识别、脸谱识别和语音识别这些漩涡分流上定位自己，则很难真正深入漩涡，迟早会被抛弃。

"汉王做的是人机交互这股漩涡，而这股漩涡又是移动互联网这个大的漩涡的风头浪尖。"刘迎建说。

原春琳
（原载《中国青年报》2011年4月28日第3版）

从美国GPS、俄罗斯格洛纳斯、欧盟伽利略"三足鼎立",到与北斗星通"四雄争霸"

中国企业撕开国际卫星导航垄断天幕

今年4月10日凌晨4时47分,第八颗北斗导航卫星从西昌卫星发射中心成功发射。中国科学院院士、北斗卫星导航系统工程总设计师孙家栋说,此次发射所完成的区域卫星网基本组网,提供的定位精度能达到10米,基本的导航定位服务都可以使用。

这个消息无疑令周儒欣和他的北斗星通卫星导航团队欢欣鼓舞。2000年初,当周儒欣在北京市海淀区知春路的简易办公室里宣布,我们要做卫星导航,参与国际竞争并成为一家知名公司时,人们都认为,这是痴人说梦,GPS在国际卫星导航领域的垄断地位根本无法撼动。

十年后,周儒欣和他的团队不但打开了北斗卫星导航系统的民用通道,而且打破了美国GPS在中国民用导航领域一统山河的"霸主"地位,让国际卫星导航领域从美国GPS、俄罗斯格洛纳斯、欧盟伽利略"三足鼎立"的时代,进入与中国北斗星通"四雄争霸"的格局。

民企获国内第一块卫星导航营运牌照

据孙家栋院士介绍，我国分别在2000年10月31日和12月21日，发射了两颗名为"北斗一号"的导航试验卫星。一颗位于东经140度的新几内亚岛上空，另一颗位于东经80度的印度洋上空，构成了我国双星定位系统。

2007年4月17日，北斗导航系统第一颗COMPASS-M1卫星上天，标志着我国成为世界上继美国、俄罗斯之后第三个拥有卫星导航系统的国家。从此，每一颗导航卫星的成功发射，都牵动着北京北斗星通导航技术股份有限公司（简称北斗星通）董事长周儒欣的心。

这个生长在河北农村、毕业于南开大学数学系的青年人，此前在国防科工委从事卫星导航系统研究工作。当他赴美考察运输车船跟踪系统时，发现与我国正在建设的北斗卫星导航系统异曲同工，就紧急论证与起草了一份应用业务的申请报告交给上级组织。

从部队转业到地方，周儒欣创办了北斗星通。离开了原有体制与团队后再次涉足北斗导航领域，他发现存在两大阻碍：一方面是只有60万元注册资本的公司实力太弱小，无法与资本"大鳄"抗衡；另一方面是航天、电子领域央企早已先入为主，民营企业只有"靠边站"的份儿。

是时，北斗卫星导航系统并没有对民用开放的政策。北斗星通要进入并争取"信息服务系统"立项的可能性几乎为零。不过，北斗星通人以初生牛犊不怕虎的精神，突破了道道"门槛"。

2003年1月17日孙家栋院士与评委会一道对北斗卫星信息服务系统项目进行了评审、验收。主管机关也积极组织实施对民用开放等工作。2004年12月，北斗星通获取了北斗卫星导航系统第一块运营服务商的牌照。

要与GPS平分秋色

美国GPS全球导航系统起步于上个世纪70年代，到海湾战争期间各项性能就发挥得淋漓尽致。目前这张网向全球民用领域免费开放，数以万计的公司与个人在给GPS开发、使用相关配套软件。

一旦发生战争，美国关闭GPS系统，后果不堪设想。周儒欣说："中国必须要有自主的卫星导航系统。"

现在投入运营的北斗卫星导航系统具有快速定位、短报文通信与精密授时的优势，可在陆地、海洋、天空提供测量、地震预报、各种车辆的运输调度、森林防火、地质勘探、国土开发、航海、航空安全航行与交通管制等10多项保障服务。

农业部南海渔政渔港监督管理局负责人说，海洋渔业是北斗星通开发北斗卫星导航系统市场与应用的第一块处女地。2002年以前，我国分布在30余个国家专属经济区，以及大西洋、印度洋、太平洋等公海的远洋渔船有1700多艘，作业于中韩、中日和中越3个协定水域，以及南沙海域的涉外渔船有4万余艘。

随着渔业生产与管理需求的不断变化，北斗星通通过需求分类、流量分析、资源整合与实地测试等手段，为海洋渔业的生产与管理量身定制了一个渔船动态信息管理平台。目前，终端用户达1.2万多个，沿海各地监测台站600多个。

2007年11月21日和12月1日，强台风"海贝思"和"米娜"袭击南沙。南沙渔船陆地监控中心凭借北斗星通信息服务系统提前发布台风预警信息，指挥渔船紧急撤离，开展海上搜救和自救互助，确保了100多艘渔船、800多名渔民的生命财产安全，直接减少经济损失两亿多元。

据不完全统计，现在该系统每天向渔业主管部门提供位置信息10万余个，为1万多艘渔船提供海洋气象服务，处理各类短信息1.6万条，预警信息20多条。

孙家栋院士说，从明年起，北斗系统将覆盖亚太地区。届时，国内私家车主就可以使用由北斗卫星提供的定位服务，且导航芯片价格低于现在市场上使用的GPS系统。对此，周儒欣雄心勃勃地表示，到2020年，我国的北斗卫星导航系统将与美国GPS平分秋色，占领国内市场半壁江山，并在国际市场分得10%～20%的份额。

李剑平

（原载《中国青年报》2011年5月5日第3版）

在国际高新技术领域，我国企业多数是在"跟跑"，而手机安全技术方面，来自中关村的民企，做到了"领跑"——

移动互联网孕育中国机会

5月5日，中国手机安全厂商网秦在纽约证券交易所挂牌上市，虽然上市当日即跌破发行价，但能够如期顺利上市已经显示出这个企业的顽强生命力。

作为第一家在美上市的中国移动互联网企业，网秦所具备的移动互联网概念显然为其赢得了上市的筹码，而这背后则是移动互联网在中国的高速发展。

3月7日，一家咨询机构发布报告称，在被称为"中国手机购物市场元年"的2010年，我国手机购物市场交易规模已达41亿元。今年，互联网电子商务企业还将加大对手机购物的投入。

即使是不熟悉IT行业的人，从这则消息中也能捕捉到一些气息：移动互联网的大潮正在奔涌而来，手机上网将会创造出一个更大的市场。

还有更多的数字可以佐证这股浪潮的汹涌。中国互联网络信息中心的最新调查报告显示，截至2010年年底，我国手机上网用户已经超过3

亿。智能手机的用户每年以20%的速度增加。

对于移动互联网的快速发展，或许没有人能比林宇更感同身受。六年前，当林宇和他的同伴凭借自己开发的第一个手机杀毒软件开始创业时，很多人不相信手机病毒的存在，即使能理解手机病毒的人，也不相信手机安全服务能生长为一个产业。

那时候，林宇和他的网秦公司被认为是拿长矛战风车的堂吉诃德，手机杀毒软件只是一把屠龙刀，虽然锋利无比，但世上根本无龙可斩。

但就在2010年一年，网秦公司新截获的手机病毒就超过1500个，而在2005年至2010年的五年里，手机病毒新增数量不到1000个。

从一家废弃的幼儿园开始起步的网秦公司，在这5年时间里，成长为全球最大的移动安全服务厂商，并作为中国唯一一家企业被世界经济论坛评选为夏季达沃斯2011"科技先锋"，同时被美国《时代周刊》评价为"可以改变人们未来生活的十大创新企业"之一，并在2011年1月荣获世界经济论坛"行业缔造者"称号。

由此，有人评价，在高新技术领域，我国企业多数情况下都是"跟跑"，而现在，在手机安全领域，这个来自中关村的民营企业做到了"领跑"。

小心，手机病毒正窥伺着你的钱袋

每一个银行卡的持有人都会时常收到银行发来的短信，但是，恐怕没有人会想到，你收到的短信未必真的来自银行，而是来自手机病毒。

去年的一天，一位先生打开了一条号码显示为某知名银行服务电话的短信，告诉他有人正在不断测试他的账户密码，提醒他去指定网站做密码保护。他赶紧用手机登录短信中的网址链接，匆忙之中也没细看网址就按照提示输入了自己的账户名和密码。很快，他就发现自己的银行卡被人刷卡消费了。

"其实，那条短信根本不是银行发的，而是手机病毒在本地生成的，那个网站就是一个钓鱼网站。"网秦公司首席手机安全专家邹仕洪告诉记者，这是他的研发团队去年捕获的一个盗号病毒。

任何一个技术都有衍生品。随着移动互联网的快速发展，手机终端越来越强大，病毒也随之肆虐。

我们在享受新技术带来的便捷的同时，也必须要面对其中蕴含的风险。

和电脑病毒一样，手机病毒最初都是技术炫耀型的，但随着手机上网用户的增多，恶意扣费、账号获取等利益驱动型的病毒也随之增加。

"截至去年12月我们发现的手机病毒中，恶意扣费类的病毒已经超过一半，达到了59%。我们预计，2011年恶意扣费类病毒将会成为最大的移动安全威胁。"作为林宇的创业伙伴，邹仕洪一直负责网秦的技术研发，在手机安全领域堪称权威。

去年秋天，"手机僵尸病毒"大面积爆发。央视《每周质量报告》报道称：在9月的第一周，全国就发现将近一百万部手机感染"手机僵尸病毒"，感染病毒后的"僵尸手机"以不易被人察觉的方式自动向他人发送短信传播病毒，并暗中扣取用户的手机话费。这些手机数量相加，算起来每天约有200万元话费被"僵尸"吸干。

邹仕洪介绍，手机病毒主要有三大危害：损坏设备，手机中毒后会经常死机，电池耗电快，按键没响应；经济损失，通过感染手机窃取话费、盗得数据，让用户遭受重大损失；信息损失，手机上一般有很多用户的隐私信息，病毒不仅把这些信息外泄，而且还会进一步利用这些信息，有一种手机病毒就把用户的短信转发给其通讯录上的所有人。

"手机天生和资费挂钩，所以手机病毒的危害远远大于电脑病毒。而且，手机病毒非常隐蔽，恶意扣费一般都是细水长流地扣钱，用户每个月的话费多了几元也很难察觉。"邹仕洪说，"手机还有一个致命弱点，不能像电脑一样重装系统，中毒后很难清除，只能报废。"

在邹仕洪看来，手机上网的风险要高于电脑上网，但也不能因噎废食。要保障手机安全，除了提高防范意识外，人们会越来越多地使用专业杀毒工具。

对中国而言，移动互联网是难得的机遇

林宇和他的团队赌赢了。

移动互联网现在已经坐上了高铁，未来的速度和规模更是不可限量。因为，正在成长的年轻一代更钟爱手机上网。

今年年初，一项在北京10所高校实施的调查显示，有60.2%的大学生使用过手机上网。3月发布的《2010中国未成年人互联网及手机运用状况调查报告》显示，手机成为未成年人上网的新终端，被调查未成年人手机拥有率达46.6%，手机上网普及率达39.5%。

不管对谁来说，移动互联网都是一个富矿、一片沃土。而对中国来说，移动互联网则是一个难得的机遇，一个实现从追赶到超越再到引领的机遇。

两会期间，中关村的领军人物、联想集团CEO杨元庆在接受媒体采访时称，对于国内IT类和高新技术企业而言，移动互联网是一个绝好的"转型"机会。移动互联网市场格局未定，以往技术、芯片、操作系统被国外厂商垄断的情况已被打破，越来越多的中国企业开始在这一领域占有一席之地。

网秦在手机安全领域的成长史表明，在移动互联网应用领域，中国高新技术企业的确可以先发制人。

"为什么一个中关村的年轻企业能够开发出30多项拥有自主知识产权的技术，在国际上获得'行业缔造者'的称号？"面对记者提出的这

个问题，邹仕洪轻轻一笑，"做研发最难的不是解决问题，而是发现问题。而问题往往来自实际需求。"

很多人并不知道，移动互联网的活动中心其实一直在中国、韩国和日本等东亚国家。欧美国家因为固定电话网络和互联网非常发达，反倒限制了移动互联网的发展，直到iPhone出现后，这种情况才有所改变。

尤其在中国，除了新锐的年轻人之外，很多中低收入人群也是手机上网的用户。"他们使用手机QQ，资费比上网和打电话都便宜。很多人可能从没上过互联网，但上过移动互联网。这是中国特色。"邹仕洪说。

在河北霸州打工的四川人白长英告诉记者，"包月一个月才5块，便宜得很"，她老乡中很多人都用手机QQ，还有人在QQ上网恋。

"我们能走在前面，主要得益于中国的移动互联网走在前面。"邹仕洪说。

中关村布局移动互联网产业

有人把移动互联网称为"第四次浪潮"，中国的高新技术企业和创业者能否一直站在这次浪潮的潮头？

对于这个问题，作为第一个国家自主创新示范区，中关村有信心。

有记者曾问中关村管委会主任郭洪："您认为，未来中关村会在哪个领域对全球产生影响力？"

郭洪非常干脆地回答："移动互联网。"

事实上，过去十年里，中关村一直高度关注移动互联网产业领域的发展，并通过各种扶持政策，给予正处于创业期和成长期的移动互联网企业支持。

目前，中关村在移动互联网产业链的各个环节都形成了一批极具创新能力的企业。截至2010年底，中关村移动互联网相关企业有近3000家，其中上市企业39家，"十百千工程"企业35家，产业集群范围内从业人员超过4万人。优视科技、网秦、壹人壹本都是中关村在移动互联网领域的代表。

不过，尽管前景很美，但还有一些现实因素会阻碍移动互联网产业的成长。比如，虽然手机上网用户已经超过3亿，但大多数人的手机安全意识不强，甚至很多人都不知道手机病毒的存在，更遑论使用专业杀毒软件了。

联想集团CEO杨元庆在两会上接受媒体采访时曾表示，国家应出台相应的扶持政策来促进移动互联网产业的发展，除了导向性政策和资金扶持外，希望国家在政府采购中，优先考虑拥有自主知识产权的国内企业，这样将会从整体上带动移动互联网产业的发展。

李丽萍
（原载《中国青年报》2011年5月19日第3版）

亿赞普：给无序的信息安上水龙头

网络把人们带入了一个无比庞大的信息漩涡，在漫无边际的信息中过滤出对自己有用的信息成了每天的必修课。有没有可能打开一个网站，上面基本都是自己关心的内容？

现在，这样的幻想正在成为现实。

"不同的人上相同的网站看到不同的信息是我们正在做的。"北京中关村亿赞普科技（集团）公司的副总裁李娜说。

云计算是信息的自来水厂

亿赞普依托自主研发PB级云计算平台IMOS技术让每个人拥有专属信息成为现实。对大多数人来说很难弄懂这些专业术语，即使有些人听说过"云计算"，但是也有种云山雾罩的感觉。

"所谓云计算就好像是信息的自来水厂。"李娜形象地介绍。

1989年，比尔·盖茨在谈论"计算机科学的过去现在与未来时"时说："用户只需要640K的内存就足够了。"互联网发展到今天，已经在不知不觉中发生了翻天覆地的变化。以前照片存在自家的电脑上，现在照片可以全部存放在服务器上。

以前人们需要无限扩大自己的电脑存储空间，现在需要的存储空间在不断缩小，越来越多的信息可以不用存放在电脑里，而是存放在云平台的计算机集群上面，"云计算平台上的计算能力和存储空间可以按需购买。就如同我们习以为常的自来水一样，当需要时就拧开水龙头，开通它，不想用了，就再关上。"李娜说。

操作越简单意味着背后的支持系统越复杂。

李娜介绍，云计算的发展经历了几个阶段，第一个阶段是基础设施级服务，比如亚马逊发现人们购书的高峰期是圣诞节前后，为了满足高峰时的需求，商家不得不购置大量的计算机和存储设备。但在销售淡季，这些资源都被白白浪费，因此亚马逊开发了基于基础架构出租的服务，在销售淡季把空余下来的资源用来出租，这就是基础设施级的服务。

第二个阶段是平台级服务，比如Google提供地图服务，第三方应用可以基于Google提供的应用接口使用它提供的地图服务，这就是为什么我们可以在很多网站看到相同的地图应用。

第三个阶段是软件级服务，即人们不需要再购买软件然后安装在自己的计算机上才可以使用，而是直接通过网络使用安装在云端的软件。

云计算还可以解决很多现实中的问题，比如，一个针对手机的游戏开发商为了开发一款游戏，通常要在上百种手机上进行适配，"这就大大地影响了手机软件的开发，因为这样的开发成本太高。"李娜说。而通过亿赞普的云计算平台可以把复杂的计算从用户终端移到云端，利用云计算强大的计算能力把内容和应用与用户的手机进行适配。这样大大简化了手机应用的开发难度，缩短了开发时间。

亿赞普的智云系统就是收集了海量的数据，并且在海量的数据中挖掘商业智能，并把这些商业智能提供给需要的人。

李娜举例说明：原来广告商在网站上投放广告，所有的人打开这个网站在相同的位置上都只能看到相同的一条广告。现在亿赞普的智云系统，通过对互联网数据进行分析，可以得到不同网民的不同兴趣爱好，这时系统就会根据用户兴趣爱好把特定广告展现给可能对它感兴趣的用户，这样广告的投放效果会得到大大的提高。这样具有不同行为特征的人打开网页的时候就会看到不同的广告。

"不同的人可以看到不同的广告"可以实现，那么"不同的人打开相同的网站看到不同的内容"同样可以实现。

一个省的数据处理量远远超过英国全国的数据量

"智云"除了改变了人们的网络生活，让每个人获取信息更加准确、快捷以外，亿赞普开始借助智云系统帮助中国的中小企业走出国门。

"日本的很多品牌在中国的知名度很高，这是为什么？"李娜介绍他们帮助中国企业的过程。"因为在上世纪80年代，我们国家的电视频道很少，看到的广告又很多是日本品牌。"

"这就告诉我们：本土产业走向海外需要本土的媒体先行。"李娜说，"但是，我们不可能在别的国家先建立一个网站。"因为，国内的搜索引擎和专业网站只是在国内点击量靠前，在国外并不占优势。而直接在国外电视台、报纸等投放广告成本会很高。

"于是我们选择与当地的运营商合作。"李娜介绍，现在亿赞普已经开始和马来西亚、越南等东南亚地区的网络运营商洽谈，有些已经开始实质性的合作。不久的将来国内众多中小企业就可以通过这条快速、高效的方式，到国门以外进行推广了。

在进行国际推广的过程中，亿赞普还没有遇到什么竞争对手。

"中国有4亿网民，仅一个省每秒处理的数据就高达3.6TB，覆盖4000万用户，远远超过英国全国的数据量。"

如何处理如此大量的数据是亿赞普这个年轻的公司遇到的最大挑战，云计算的组网、怎么连接设备最有效、设备之间怎样同步才不会有瓶颈、大数据量的并行计算……这些问题都是困扰国际同行的难题。

公司自2007年成立以来，已经开发了十几项数据挖掘的核心技术。成熟的商用云架构，可以用遍布全国的几千台服务器，对中国4亿网民、600亿的网页进行分析。

"我们最大的竞争对手就是自己。"李娜说，公司对研发的投入非常大，70%的员工是研发人员。

因为没有领跑者，亿赞普要求员工具有主动思考、寻求答案的精神，于是这个年轻的公司成了跟时间赛跑、跟自己赛跑的人。

李娜介绍，他们会不断地公开那些已经成熟的算法，希望整个互联网行业能快速向前发展，"因为一切创新的前提都是对人有益。"李娜说。

樊未晨

（原载《中国青年报》2011年5月24日第3版）

无线超越有线的新时代到来了
手机上网将成就未来十年IT业新王者

俞永福加盟UC优视（简称UC）的过程很有戏剧性。

2006年，时任联想投资副总裁的俞永福经过半年多的考察，看好了UC的项目，有意投资这个15个人的小公司。没想到，11月20日，决策委员会却以2：2的投票结果不同意投资手机浏览器公司UC。

两位创始人之一的何小鹏问了俞永福一句在外人看来很荒唐的话：永福，你愿不愿意和我们一起干？

一面是高薪高位，一面是创业之初、资金链即将断裂的小公司。

2007年1月3日，俞永福离开供职五年多的联想投资，扛着行李爬上了UC的办公室——广州一座没有电梯的六层居民楼，成为公司的首席执行官，开始了自己的创业梦。

人生远比戏剧精彩得多。IT业的发展也是如此。

在过去的几十年，IT产业经历了三个王朝。在20世纪90年代以前为第一个王朝，关键词是硬件，王者是IBM；在20世纪的最后十年是个人计算机的黄金十年，软件超越了硬件，王者变成了微软；刚刚过去的21世纪第一个十年是第三个王朝，互联网是关键词，软件的服务化将Google加冕为新一代的王者。

在第一个王朝，联想把握住机会，成为中国计算机产业的第一；第三个王朝，腾讯在中国成为了一个王者。

在21世纪的第二个十年，也就是未来的十年，关键词又是什么呢？

如果十年前，有人说，手机上网会成为一种潮流，在很多人看来都是一个遥远的梦想：中国还处在普及电脑上网的时代，手机主要功能是接打电话，甚至短信业务也只是刚刚兴起，手机上网，怎么可能呢？

一切皆有可能。2010年，我国的手机网民增加了7000万，目前总规模达到了3.03亿人，占网民总数的66.2%，居世界第一。手机网民的持续大幅度增长，为移动互联网产业孕育出广阔的市场和无限的发展机遇。

未来十年新王朝的关键词脱颖而出："未来是无线超越有线的新时代。"俞永福说。

"移动互联网时代是一个大的机会"，俞永福说，随着3G网络和智能手机的应用，越来越多的用户选用手机上互联网。但是手机在操作系统、屏幕尺寸及硬件性能等方面都与电脑有着巨大差异。这也使得用户在通过手机浏览互联网内容时，常常不得不忍受速度和流量费的煎熬。

这是个专业性和技术性非常强的领域，开发手机专业浏览器成为推动移动互联网发展的前哨。

想做第一个吃螃蟹的人并不容易。

尽管联想投资拒绝了UC，但是在俞永福的游说下，2006年年底，UC获得以雷军为主的400万元投资；2007年8月，晨兴和联创策源投资1000万美元。半年内公司估值增加十余倍。

资金不是问题了。UC又做了一个惊人决定：2006年年底在拿到雷军的400万投资之后，UC决定卖掉公司唯一赚钱的项目——针对企业市场的业务。他们瞄准了个人用户，专做手机浏览器。

"这个决定相当于把你已有的饭碗砸了，一年以后，另外一个业务如果没起来，你再回去想捡你的饭碗恐怕都捡不起来了。"俞永福说，"但是我们觉得必须得这么做，只有专注才能成功。"

从那时开始到现在，UC集中所有的资源和精力，为一个目标努力，就是帮助手机用户快捷上网，让用户享受到移动互联网的乐趣。

UC如今已经有了超过900名员工，却始终保持了一个比例：不论公司发展规模大小，产品和研发人员都必须保持在70%以上。

这种坚持直接反馈在产品上。UC的两位创始人之一、技术总裁梁捷介绍，UC的浏览器能够节约80%流量，浏览速度提升近一倍。如果按现在的电信资费，所有使用UC浏览器的手机网民每年可以省下超过40亿的流量费。

强大功能背后的支撑是UC率先采用的云计算架构。与早先的手机浏览器将所有的页面信息都下载到手机端处理不同，UC浏览器在手机和网站服务器之间架设了一批中继服务器，通过调整内容架构，压缩网页和转换文件格式的手段对网页进行"重排"，再将内容呈现在手机端，这样就大大减少了手机终端的运算处理量，从而帮助用户减少流量，增加浏览速度和操作速度。

从2004年8月发布第一款UC浏览器以来，平均每个月都会有不同平台的升级版本发布。今天的UC成为手机浏览器领域拥有核心技术及完整知识产权的第一家中国公司。

一个又一个的数字奇迹产生了：在过去三年里UC以每年500%的速度成长，UC浏览器的软件下载量突破7亿，UC用户累计突破两个亿，UC每个月使用互联网页面的浏览量超过700亿。

其主打产品UC浏览器软件下载超过7亿次，在全球拥有超过两亿的用户，成为国内仅次于手机QQ的第二大客户端。目前UC浏览器能流畅运行在3000多款不同品牌、不同操作系统的手机上。根据艾瑞咨询机构的数据，UC浏览器的市场占有率超过70%。

去年在福建召开的第十二届中国科协年会上，周光召基金会向UC团队颁发了"应用科学奖"，梁捷荣获了技术创新奖。此外，还有三位获奖人，一位是中国科学院院士，另外两位是材料学家。

梁捷通过邮件与同事们分享自己获奖的感受："坦白说，我们所做的技术研究难度，也许还达不到心目中'科学家'的称号。但是，我们的产品确是真真切切地帮助了每一位手机用户，让全世界各个角落的人们都能便捷地获取信息。"

俞永福还在继续追梦，追"世界的手机浏览器"的梦："全球有67亿人口，计算机只有12亿，想让PC互联网完成一半地球人上网的梦想，是不可能完成的任务。但全球已有50亿的手机用户，想完成一半地球人上网的梦想，只有移动互联网才可能，目前UC已经完成了这一目标的6%，希望我们能通过自己的软件和服务，帮助全世界一半以上的人实现上网梦想。"

原春琳

（原载《中国青年报》2011年6月3日第3版）

中国电网终结"美国时间"

喜欢美国大片的电影爱好者对这样的场景一定不会陌生：在计算机里输入一组数据，街道上红绿灯突然紊乱，交通一片拥堵，撞车惨剧不断。

我国输电网络一度也曾面临类似的窘境。

长期以来，我国通过美国GPS民用频道向电力系统的电力自动化设备、微机监控系统、安全自动保护设备、故障及事件记录等智能设备提供授时信号，以实现电力系统的"同步"运行。

一个巨大的隐患则是，如果出现紧急事态，GPS信号关闭或调整，在传输系统和接收系统间出现时间误差，高压电流势必会在瞬间烧毁被接收的变电站或是传输线路，轻则运行设备失控，影响正常输供，重则造成整个地区电网瘫痪。

事实上，近年来我国由于电力系统内部设备时间基准不一致而引发的电网事故并不鲜见。媒体数据显示，每年因此造成的直接经济损失以亿元为计算单位。

能否破解中国电网的"时间之觞"？

2005年，一家刚刚诞生的中关村企业——北京国智恒电力管理科技有限公司对全国电力行业进行整体调研，发现即使是科技水平位于前列的华东电网，使用的也是GPS系统，创业者们下定决心要做"第一个吃螃蟹的人"。

高精度授时、系统稳定性、远程监测与维护……研发团队一个难关接着一个难关地"啃"。

在华南，热带雨林般湿热的变电站机房里，酷暑难耐的荒野基站区，一次次北斗终端调试，让习惯了北方干燥气候的国智恒技术人员吃尽苦头。

一家民营企业的高科技发展之路，经费不足更是时时困扰着创业者们。

2006年6月，这家成立不到一年的企业迎来第一次"经济危机"：前期筹集的上千万元研发经费已经告罄，技术还处于突破的前夜，而且还面临测试一年的时间考验。

昔日做过上万人国企老总的创业者吕建光拉下脸面，四处借钱。因为认准了这一技术的潜在价值，有员工甚至把自家的房子拿去做了抵押。

2008年12月19日，以我国自行研发的北斗卫星导航定位系统为基础的"北斗电力全网时间同步管理系统"通过了专家组的鉴定验收，并在华东电网挂网运行，鉴定委员会评价："整体水平国内领先，具有推广应用价值"。

2009年9月，我国正式确立"天地互备，以北斗为主的电力授时体系"，几万个目标用户、未来产值将超过千亿元的产业链随之凸显。

中国正式掀开电力行业自主高精度授时的时代大幕，中国电网时间迈入"北斗轨道"，电力运行安全命系他国的历史也由此终结。

这一技术正逐步在全国推广。

华东电网公司其下属的23个500kV变电站的北斗授时系统改造项目全部选用国智恒的北斗时间同步系统。而国家电力监管委员会起草修订针对北斗电力授时体系的电力监管标准也在紧锣密鼓地进行中。

华东电网公司总工程师陈建民今年3月接受媒体采访时介绍，"截至目前，华东电网因精度授时发生的事故率为0，设备抽检故障率为0，超过了国际通行标准的最高水平。"

国智恒在创新的路上走得更远。

2010年初，国智恒获得了中关村发展集团5000万元的"政府股权投资"，其他的银行贷款、风险投资、民间资本随即跟进。国智恒一下缩短了几年的资本积累期，产业化运作后收购了一家电网下属公司。

有了试验条件，国智恒把目标瞄准了探索科学、安全地提高输电线路输送容量的课题。

这是越来越受各方关注的一个全球性难题，各国都在紧锣密鼓地展开研发竞争。

一大背景是，输电线路走廊建设不仅投资大、建设周期长，线路造价越来越高，而开辟新的线路走廊由于征地难度加大，尤其在欧美等西方国家，土地私有化使得购买土地建设成百数千公里的输电走廊更加困难重重。

以北美电网为例，美国国家能源政策发展组织向美国总统奥巴马提交的《国家能源政策研究报告》，估计其未来十年北美用电需求将增长约25%，但输电能力仅能新增约4%。

这一次，中国企业走在了前面。

短短几个月时间，国智恒全球首创的"智能超高压输电线路动态增容系统"，通过相关部门的鉴定，可以实时多点传感监控，在原有输电线路上，直接提高电力传输能力5%~25%。

美国国家能源委员会一位专家竖起了大拇指，"这是一项对全球各国电网建设产生重大影响，为世界经济节省投资和为人类减少碳排放做出巨大贡献的伟大发明，是中国人的骄傲。"

有专家更是乐观地估计，"这项技术，每年将可为全球节省新建输电走廊上万亿美元的投资和减少数万英亩土地的占用。"

最新的消息是，这项技术目前正提交美国国家电力科学院进行测试，今年下半年有望进军美国市场。

　　回顾六年创业历程，吕建光说，企业成功跟自主创新分不开。他认为创新有两个层面："一是技术上的创新，必须有属于自己的核心技术；另一个是企业发展理念创新，要敢于突破、走出去。"

雷　宇　　刘　涓

（原载《中国青年报》2011年6月16日第3版）

2010年中关村动漫游戏产业的产值达100多亿，其中，游戏贡献了90多个亿，而动漫和游戏公司的比例几乎是1：1

中关村要垦荒原创动漫

7月，国产动画电影《兔侠传奇》上映，网上一片热议，褒贬不一。

不管舆论评价如何，此时，坐在位于中关村文化创意产业聚集区的办公室里，王桂福却对竞争对手的影片赞不绝口，同时又感觉自愧不如。

王桂福的名片上印着总经理的头衔，公司却有两个，一个是动漫公司鑫联必升，另一个是广告公司杉林传媒。"前者是砸钱的，后者是赚钱的。"王桂福坦言，这种"拆了东墙补西墙"的做法在行业内很常见，如此只有一个目的，"活下去"。

有业内人士称，在中关村这片机会、资本、优惠政策俯拾即是的沃土上，如果要找出一片尚未得到重点开发的贫瘠之地，原创动漫（本文所提"动漫"如无特殊说明，特指漫画和动画，不包括游戏——记者注）绝对算一个。

中小型动漫企业陷入"从小到小"的循环怪圈

漫画公司通常在自家住房内办公，动画企业也多栖居在四环以外的写字楼或居民楼内办公，而能够租用一些写字楼乃至占用一层的屈指可数。

王桂福的办公地点就是一套三居室的民居，在这里，他正酝酿着自己的第一部动画片。

到处跑业务，谈项目，拉资金，参加各种会议，这是王桂福的主要工作，作为公司的一把手和唯一的业务员，王桂福和许多原创动漫企业老总一样，身份都很尴尬。

为德国、美国的动画公司加工、制作产品养活自己，是国内许多中小型动漫企业的生存之道。

中关村数字内容产业协会秘书长马云飞说，在市场机制尚不完善、产业环境需要逐渐净化的阶段，企业要先活好才是发展的第一步。

一些原创动漫企业的老总表示，企业规模太小，只能忙着制作和加工，虽然积累了不少技术上的经验，但往往会丢掉创作自己产品的机会，"公司虽不会饿死但也难成大业"。

就这一点而言，一些中小型原创动漫企业正陷入"从小到小"的循环怪圈。

"做动漫，不能等着一个大创意出来才考虑吃饭的问题。"王桂福说，在动漫圈内，如若剧本顺利，投资顺利，做出来了，营销也比较顺利，可能就火了，但假若其中任何一个环节出现问题，如投资方中途撤资，或许整个公司就死了。因此，很少有企业敢于挑战自我冲出怪圈。

王桂福或许要冲出来了，五年的资本、人才积累和不惑之年的人脉积累，让动漫产品所需的剧本、资本、渠道等不再是问题。他现在逢人便说，自己的第一部原创动画片正蓄势待发。

有业内人士透露，一些动漫企业虽然拿到了大手笔的投资，却未能做出大手笔的作品来。这是因为一些企业缺乏长远眼光，拿到投资后，并未将其用于作品的创意和制作，而是急于兑换为现成利润，让大钱变成小钱，致使许多有水准的作品中途夭折。

"这纯粹是在做生意而非做动漫。"王桂福说，在动漫界这种浮躁心态并不少见，而这也在考验着公众对国产优质原创动漫的期待和耐心。

科技带文化齐飞？

自2006年国务院办公厅转发了财政部等部门《关于推动中国动漫产业发展的若干意见》以来，国内动漫产业取得了不小的发展。

据不完全统计，2010年中关村动漫游戏产业的产值达100多亿元。其中，游戏贡献了90多亿元，也就是说，通常意义上所说的动漫创造的产值不足10%，而在中关村，动漫和游戏公司的比例几乎是1：1。

董志刚的妙音动漫公司是中关村近200家动漫公司中的一家，已推出不少知名动画片，在业内享有盛誉，可和游戏公司相比，收益却不过是他们的一个零头。

"对漫画动画的政策倾斜的确不多。"马云飞分析，虽然动画漫画和游戏都归属文化创意类，但游戏类企业同时从属信息软件类，可享有很多科技创新方面的优惠政策，而漫画、动画企业规模小资本少，能够享受到的优惠就相对要少一些。

在中关村这个主打科技创新的地方，文化创意是否无处容身？

北京居高不下的生活成本，让一些动漫企业选择了逃离，进军杭州、深圳等城市。

但王桂福选择了坚守。原因之一是此处平台之大。

在上月举办的动漫游戏产业洽谈交易会上，王桂福结识了不少电视台、出版社乃至投资方银行代表的同行，收获了足够忙活几个月的业务。

另一个原因是中关村的独特优势——科技创新的大环境。"北京市动漫游戏优秀形象奖"、北京市职工职业技能大赛团队一等奖等奖项，除了微薄的奖金和不断输入的人才外，还给了这个坚持原创的动漫企业更多的自信以及走下去的动力。

"鼓励组织和个人在示范区开展创新创业活动，支持有利于自主创新的制度、体制和机制在示范区先行先试，营造鼓励创新创业、宽容失败的文化氛围。"这是今年年初颁布的《中关村国家自主创新示范区条例》新增的一条。在业内人士看来，"宽容失败"这一点对科技创新尤其是文化创意这一最需要开放包容的行业，给予了极大的发展空间。

"动漫乃至整个文化创新或将作为科技创新的又一新动力。"马云飞说，科技创新也需要动漫等作为文化载体，中关村可利用自身科技创新的优势，带动动漫等文化创意产业的发展，实现相互促进。

中关村管委会副主任王汝芳则表示，要打造一个以科技创新、数字内容、数字动漫游戏为主题，以促进数字动漫游戏产业原创研发、产品编剧和投资的交流与合作平台。

邱晨辉

（原载《中国青年报》2011年7月19日第3版）

水晶石：奥运创意中国造

英国博尔顿炼钢厂，工人们正在为锻造伦敦奥运会主场馆的最后一根大梁忙碌，两滴钢水溅落在地，凝固成块。

老工人乔治"站完最后一班岗"，在工友们送别的目光中，捡起两个钢块塞进书包作纪念。回到家中，深夜，乔治在灯下将钢块雕琢成了两个卡通雕塑：文洛克和曼德维尔，送给孙子、孙女做礼物。

两个刚刚被赋予生命的小家伙，很快跟孙儿们玩闹在了一起：翻筋斗、练体操，模仿"飞人"博尔特的著名庆祝姿势，在桌子上玩高台跳水一头栽进废纸篓……

这是2012年伦敦奥运会吉祥物的发布宣传片。而这部宣传片的制作方，正是中关村的一家中国创意企业——北京水晶石数字科技股份有限公司（以下简称"水晶石"）。

从"中国制造"到"中国创造"，以水晶石为代表的中国创意企业正在走向世界。

"当初尝试赞助伦敦奥运会，是一个比较异想天开的决定。"水晶石副总裁刘剑回忆说，他第一次带队去伦敦，下了飞机连方向都弄不清楚。但在几个月后，水晶石却成为2012年伦敦奥运会官方数字图像服务供应商。

在伦敦这个全球文化创意产业之都，创意公司和组织遍地开花，一家中国本土的创意企业，为什么就敢只身闯"江湖"？

水晶石有自己的底气。2008年8月8日，北京奥运开幕式中，从"卷轴"上展现的精美景观，到李宁点燃主火炬时在他身后打开的"画卷"，一律打上了水晶石的烙印。

这一切，源自2001年水晶石董事长卢正刚一个近乎冒险的决定：动用当时公司三分之一的财力，成为"北京奥申委赞助商和指定三维图像开发公司"。

在此之前，水晶石还处于创业阶段。用卢正刚的话说，"公司虽有利润，但一直微薄，名气更谈不上。这家小企业就是在撑着、等着、撑着、等着，直到2008北京奥运卷轴打开，水晶石大放异彩。"

北京奥运会成为水晶石走向世界的起点，它更希望通过伦敦奥运会，让水晶石成为"中国创意走向世界"的一个标志性案例。为此，水晶石必须"拿出更多的证据"说明，能为国际客户提供他们想要的服务。

于是，2009年1月前的200多天，水晶石公司在世界各个地区深度拜访海外客户，迎来了与2010年南非世界杯、F1方程式赛车、欧洲广播联盟、英国广播公司等重大国际项目的合作。并且，水晶石在2007年与

2008年分别成为2010年上海世博会与2011年深圳大运会赞助商，这些都为申请成为伦敦奥运会赞助商增加了有力砝码。

2009年3月，通过国际招标，水晶石成为伦敦2012年奥运会数字图像服务供应商。

制作伦敦奥运会吉祥物的宣传片，是水晶石为伦敦奥运会打造的首部作品。

"这个项目最开始在所有人看来，是一个绝对不可能完成的任务。"刘剑说，伦敦是全球三大广告产业中心和三大最繁忙的电影制作中心之一。伦敦奥组委，却让一家只有十几年历史的中国企业参与承担文化创意工作，英国的文化创意企业极其不满。一家动画公司负责人公开对媒体表示：奥运会宣传片没有交由英国本土公司制作，打击了本土动漫业。

但是，中国人凭借自己的勤劳和智慧，赢得了英国民众的喜爱，也使英国媒体的批评声偃旗息鼓。

刘剑回忆说，2010年5月初，英国大选。在新的首相选举出台后，媒体会有两周左右的"空档期"。对于大的传媒集团来说，不希望这段时间受众流失，因此BBC（英国广播公司的简称）选择在这个时候发布吉祥物宣传片。

这就意味着制作周期只有40多天，而按照正常周期，紧赶慢赶也至少需要三到四个月。"吉祥物动画片的制作是一个不允许失败的任务，而且的确是一个太超常规的作业。没办法，我们只能日夜赶工，有一次大家连续72小时没睡觉。"刘剑说。

所有的流程涉及到三十多个人、十几个环节的配合，对水晶石的执行力提出了高度挑战。中间只要任何一个环节出错，就会来不及交片。即便在一个失误都没有犯、沟通高度顺畅的情况之下，水晶石人都一直干到最后一秒。

有一次，英国的剪辑师必须要去赶飞机了，北京总部最后一个镜头的资料还在紧急生成中。想到电梯上来还需要一点点时间，产品经理让剪辑师先去摁电梯，这边临时找了一个U盘拷贝资料，送他去机场的路上再把资料转移到他的电脑。

在做伦敦吉祥物宣传片的过程中也曾产生一些分歧，但基本上都被"消灭"在10分钟以内。"能够这么顺利地完成，各方付出的努力都特别大。中英两位导演的经验在这个项目中发挥了很重要的作用。英方导演在英国做了30年的动画，我们的动画导演也有15年的工作经验。因为对行业、动漫的理解是一致的，双方才能达成高度默契。"

"没有水晶石，这一切都不会发生。"伦敦奥组委首席执行官保罗·戴顿说："他们不知疲倦地和我们的团队一起战斗，做出了一个国际水准的影片……我为吉祥物感到自豪，也为这个动画影片背后的团队感到自豪。"

文　静

（原载《中国青年报》2011年11月10日第3版）

蔚蓝仕：领跑全球光纤传感技术

有一段时间，缺钱购买黑体设备，黄正宇和他的伙伴们用太阳作为黑体源，每天坐等阳光，下午3点到5点，阳光斜射办公室，一帮人抄起工具抓紧做实验。

黄正宇本可以不用如此"窘迫"。如果四年前他不选择回国创业，而是留在美国，他所需的设备只需打个报告就能随时送到。

但是，黄正宇放弃了在美国的优厚生活归国创业。那年，他31岁。

在清华科技园的一个小办公室，他和文进创立北京蔚蓝仕科技有限公司，从事光纤传感器及光纤传感系统的研发、生产和销售。四年的时间，公司业务蓬勃发展，注册资本从50万元发展到1710万元，当初的6人团队也发展成现在的73人。公司已拥有多项光纤传感的自主核心技术，其中4项具有世界领先性。

回首四年的创业史，黄正宇丝毫没感到艰辛，支撑他一路走来的，是一颗家族传承的"实业报国"心。

想好的事情，就不给自己留后路

1999年，黄正宇毕业于清华大学精密仪器系，2000年8月，赴美国弗吉尼亚理工大学留学，2005年12月，获得电子工程系光博士学位。

毕业后，他进入美国某知名光学公司，成为首席光学专家。一上任，他就有惊人之举：在四个月的时间里，帮助公司完成了花五年时间、耗费4000万美元没有解决的难题。

谈及此事，黄正宇轻描淡写。他说，"我发现公司的基础技术方案出了问题，我到了公司之后，在技术方案上进行了一些调整，帮公司攻克了一些封装、材料、工艺、算法层面的问题。节省了大笔费用。"

在美国的生活无忧无虑，他完全可以拿着高薪，舒舒服服地过一生，但是创业的愿望始终在心中涌动。"如果我想留在美国，或者给自己留后路，我会申请绿卡，但是我一直没那么做。"黄正宇说。

谈到创业，黄正宇提到一个重要的缘由：家族的传承。

黄正宇出生在上海。从他记事起，姥爷就是自己的偶像。他听姥爷讲过很多故事，印象最深的就是实业报国。

家人常说，在抗战时期，姥爷在上海经营一家很大的棉纺厂，家境殷实，曾有人提出让姥爷为日军做军服，老人家断然拒绝，因此还吃了不少苦头。建国前，老人曾有机会携全家去台湾，但是为了工厂和员工，他选择留在上海。

老人家重视教育，四个孩子，两个上了清华，两个上了北大。临终前，老人家对子女说了两个遗愿，一是希望未来子孙能继续办实业，二是希望后代能出钱办教育。

黄正宇铭记在心："他老人家一辈子都在实业报国，这也在我心中种下了一颗创业的种子。"

在美工作一年后，黄正宇找到了必须马上归国的理由。

"美国的光纤传感技术在世界上是最先进的。我慢慢地发现，公司研发的一半产品，是以军事用途为直接目标的，而其产品的目标可能就有中国。"黄正宇说，"作为一个中国人，我怎么能帮他们做这样的研究呢？"

2007年8月，他果断放弃高薪，回到了北京，没有丝毫的犹豫，"我做事情的风格就是果断，想好的事情从不给自己留后路。"黄博士说。

艰苦的环境一样能搞研发

在清华东门的一个小办公室，黄正宇和文进拿出了全部积蓄50万元，开创了北京蔚蓝仕公司，第一批员工只有6人，公司的目标是光纤传感器及光纤传感系统的研发、生产和销售。当时，国内也有开展相同业务的公司，但是在技术上与美国和欧洲的公司相差10年以上。

缺少研发资金是黄正宇当时面临的最大问题。

弗吉尼亚理工大学拥有世界上最大的光纤传感实验中心。黄正宇介绍，从1997年到2010年，该中心的实验经费就高达3000万美金。在读博士的时候，如果黄正宇想买一台实验仪器，只需打个报告，就能很快批复下来。可是回到北京之后，这样的条件就完全不存在了。

讲创业的艰难故事，黄正宇面带微笑，没有丝毫的抱怨。他说，艰苦的环境一样能搞研发。

黄正宇张开两只手，并在一起，上下搓动，"当初，我们没有钱，为了做一些光学实验，连手都用上了。这样搓动，为的是用指缝的交错对光源进行斩波调制。我们甚至还用电风扇的叶片旋转来做光学斩波器，来做光学实验。"

就是在如此艰难的环境下，黄正宇带领团队，完成了一些看似不可能完成的任务。2008年，黄正宇获得国家级留学人员择优资助；2008年公司承担国家"十一五"科技重大专项子课题"智能完井关键技术研究"；2009年，黄正宇入选"千人计划"，并当选中关村高端领军科技创新创业人才和北京"海聚工程"首批海外高层次人才。

蔚蓝仕公司公司已拥有多项光纤传感的自主核心技术，其中4项具有世界领先性，在国内光纤传感器领域具有巨大的技术优势。公司已申请专利11项，其中发明专利7项、实用新型2项、外观设计2项，软件著作权登记6项，另有60多项国内外专利正在申请中。

"如果我的教授知道我在这样的条件下取得现在的成绩，他会感到非常惊讶的。"黄正宇说。

展望未来，黄正宇充满希望，公司目前已经研发出六条产品线，第

七、八条产品线预计在明年下半年完成。黄正宇说，"我们基本上已经把光纤传感过去40年内验证过的有市场潜力的东西都做出来了。"

蔚蓝仕的目标是什么？

黄博士说，"要成为全球光纤传感技术的领先者。"

辛　明

（原载《中国青年报》2011年11月22日第3版）

北京市新生儿耳聋基因筛查启用生物芯片

改变人类生活的生命魔方

如果有这样一种技术：取你的一滴血液，放到芯片上进行检测，不久一份关于你个人遗传信息的报告就呈现在医生面前。由此医生可以替你分析诊断个体的健康和罹患相关疾病的风险。你是否相信这一切是真的？

在生物芯片的产业空间里，这个听起来无比玄妙的过程早已成为了现实。

在北京的西北角，有一片占地约2.4万平方米的绿色建筑。这里，便是开创中国生物"芯"纪元的博奥生物有限公司。

生物芯片走上"国家日程"

20世纪90年代中期，生物芯片首先从美国兴起。当时，这一技术的诞生曾引起中国学界一片震动。

运用半导体领域的集成技术，将人体信息"存储"在芯片上，用于生物信息的预测，这无疑是具有革命性的创新。美国《财富》杂志曾评价：在20世纪的科技史上，有两种芯片深刻改变了人类的生活，一个是微电子芯片，另一个就是生物芯片。

生物芯片之战已在海外逐渐打响，可我国这一领域的发展还是一片空白。

1997年，第80次"香山科学会议"，生物芯片技术作为本届会议主题，首次走入很多国内学者的视野。时任美国纳米基因公司首席科学家、现任博奥生物有限公司总裁程京院士，应邀出席了那次会议。

"当时，我们面临的形势是严峻的。"作为程京的学生，博奥生物有限公司运营副总裁许俊泉回忆道，"如果错过了初期发展，在这一领域我们将丧失话语权。"

于是，探讨中国如何在这一重大领域参与布局与规则的制定，成为那次会议的一大主旨。当时，已经是生物芯片领域专家的程京，不遗余力地介绍着自己所学所知。

令他欣慰地是，那次会议的召开很快便促成生物芯片走上"国家日程"。

1999年3月，程京归来，成为清华大学生物芯片研究与开发中心主任。同年，国家经贸委医药司起草了《医药科技"十五"计划和2015年发展规划》。

"在这一规划所列15个关键项目中，多达8项需要运用生物芯片技术。生物芯片本身也首次被单独列为一个研究项目。"许俊泉回忆道。至此，生物芯片产业在我国发展的基础初步奠定。

正是在这样的背景下，2000年9月，博奥生物有限公司应运而生。

"公司从诞生之初就肩负重任：既要带动整个产业的发展更要致力于关键技术的研发。"许俊泉说。背负着这一重任，博奥生物一路走来从未放慢脚步。

2003年，"非典洪水"来袭。"这个时候我们也意识到：研究新技术最重要的意义是要造福社会。"许俊泉说，"在这么关键的时刻，生物芯片也必须'挺身而出'。"

4月底，在程京的带领下，公司内部召开了一次紧急会议。

这次会议上，"SARS病毒检测基因芯片研发项目组"正式成立。仅仅7天之后，专用于SARS病毒检测的基因芯片问世了。在此之后的1周内，博奥人运用这一技术在"非典"一线，先后对404例临床样品进行了检测和分析。

这是生物芯片在我国首次投入临床应用。在这场硬仗中，生物芯片的高效性及准确性令学界刮目相看。事后，程京曾欣慰地说，"这次经历为生物芯片赢得了珍贵的信任。"

让专利从墙上"走下来"

在公司大厅，有一面"专利墙"格外引人注目：第一张国家医疗器械证书、第一项生物芯片外国专利授权、世界第一张全基因组家蚕芯片、遗传性耳聋检测基因芯片……

这面墙上共悬挂了公司11年间所获得的148项国内外专利和国家级证书。然而，对于博奥人而言，比荣誉更重要的，是如何让"挂在墙上"的专利"走下来"。

多年来，正是基于产学研用一体化的宗旨，博奥生物撬动了生物芯片的市场化之路。相关数据显示，11年间，博奥生物各项发明专利的转化率高达60%。

"作为我国生物芯片行业的龙头企业，我们不能为了科研而科研，为了创新而创新。投入大笔经费做科研的最终目的，是要将其转化为具有使用价值的产品。企业行为的真正意义是让科研成果有益于国家和社会，能够造福更多人。"许俊泉说。

2011年，生物芯片正式应用于北京市新生儿耳聋基因筛查工作。

在此之前，传统检测方法已暴露出诸多不足。比如运用原有的物理筛查方法，很难检查出携带药物致聋基因，从而导致很多儿童因用药不当而丧失了听力。

据了解，致聋基因分为两种不同的类型，即常染色体遗传和线粒体母系遗传。药物致聋基因便属于后者。携带这种基因的儿童出生时听力是正常的，只有在使用了庆大霉素等氨基糖苷类抗生素后，才会致聋。

"如果能够预知这一基因的存在，便能够避免悲剧的发生。通过运用生物芯片技术能够避免不幸，对我们研发而言是意义重大的。"许俊泉说。

对此，许俊泉曾经算过一笔账。假设某地区持证聋人为10万人，按照每检出一例药物性耳聋的花费600元计算，每预防一例成人的药物耳聋，就为社会、家庭节约20万元。"那么按照遗传概率计算，如能避免这10万人可能导致的药物致聋案例，将为社会节约数亿元的成本。"

在为期一个月的试运行检测期间，北京市4家医院运用新生儿耳聋基因筛查技术，共发现突变型样板66例。

要成为规则制定者

其实，在生物芯片之路上，博奥人并非一帆风顺。

"由于我们起步晚、基础差，因此在生物芯片领域的发展容不得半点懈怠。"许俊泉说，"当年我们在海外寻找代理商时多次遭受冷遇。你介绍了大半天自己的产品之后，对方只会冷冷地说一句'抱歉，我们更愿意选择美国或者德国的产品'，这样的经历让我们明白，实力才是一切对话和合作的前提。"

面对这个庞大而竞争激烈的市场，博奥始终清醒地走在最前面。11年来，博奥走过了从启动生物芯片技术研究到开始使其成果迈向产业化之路；基本建成了集技术创新、成果转化、综合服务、人才培养于一体，具有国际先进水平的生物芯片研究、开发和产业化基地；2009年，由博奥作为主要起草人的生物芯片基本术语、体外诊断用DNA微阵列芯片等5个行业标准，已经由国家食品药品监督管理局审定通过。

这样的成绩，在国内同行中居于绝对领先地位。美国《财富》杂志的一片文章中曾写道："博奥生物已经成为中国第一家进入世界水平的生物技术公司。"

"在生物、医药等行业，很多产业标准都是由欧美国家制定。这不仅使我们缺少在行业内的话语权，更使我们处处受制于人。在生物芯片这一新兴产业中，我们必须占领行业的制高点，参与规则的制定。"许俊泉说，"作为决定人们未来生活方式的重要学科，我们必须将研发、生产、销售都做到国际一流水平。让这一领域从发展之初，就有中国人的一席之地。"

崔 丽　骆 沙

（原载《中国青年报》2011年11月25日第3版）

小胡同里走出创意大工厂

北京雍和宫东侧的藏经馆胡同里，有一座现代感很强的三层建筑。纯白色的外墙，大红色的窗框和门框。走进建筑，方正的中庭有大概半个篮球场大小，白天通过天顶玻璃采集自然光，夜晚则依靠从天顶吊下来的几盏放大版的白炽灯。这就是"嘉诚印象"，一座由解放初期老式厂房改造成的"后现代"风格的文化创意工厂。

像嘉诚印象这样的"创意工厂"，在北京市东城区的其他胡同里还有很多。2007年以来，东城区近20家胡同里的旧厂房和院落完成了改造，吸引500多家文化企业入驻，年收入增加约730亿元。这些工厂中不仅有艺术团体，更有建筑设计、服装设计、动漫游戏等各种创意型公司。

"胡同作为北京城市中心区特有的名片，承载着千年的文化积淀。胡同里的文物、院落、工业遗迹是风貌保护的重要对象，胡同更是城市有机更新的重要血脉。"中关村科技园区雍和园管理委员会（以下简称雍和园管委会）副主任韩树凡说，2007年，这些胡同里只有部分厂房的车间在继续使用。一些闲置的厂房被租赁，变成办公楼、员工宿舍等，杂乱无章。个别车间虽然持续运转，但是工厂已经不再赢利。如果任其自行荒废，那么城市中心就又多了一块"死皮"。"于是我们决定对厂房进行彻底的改造与包装，并开始寻找合作伙伴，希望打造出一个有意思的主题，唤回它的生命力。"

从2007年起，东城区和雍和园管委会采取"腾笼换鸟、筑巢引凤"的改造模式，逐步通过产权置换、租赁等方式，破除了胡同里旧厂房、院落的权属瓶颈；通过和政府协作开出优惠政策，解决资金问题。最后引入开发运营商对这些旧厂房进行改造，打造出一个个"胡同里的创意工厂"。

位于国子监南侧的方家胡同46号，是北京机床厂的旧址，如今厂房虽然还在，却没有了制造机床的巨大噪音。从上世纪50年代到90年代逐步建成的礼堂、锅炉房、恒温车间、办公楼等各种建筑混合成的厂区，如今已经变成了一座用"跨界艺术分享未来"的文化聚集空间。

专营国际品牌服饰设计师作品的公司NC.STYLE，是第一个入驻方家胡同46号院的文化创意企业。该公司总裁陈苋回忆，当初来到这里，整个院子还比较破旧，但是一看到旧工厂的高挑空间，马上找到了喜欢的感觉。如今，各类创意企业扎堆儿在大院里，使整个院子充满浓浓的文化气息。

北京聚敞现代艺术中心是负责"方家胡同46号"的所有活动策划和宣传推广的机构。"本来是以'玩儿'的心态来做这件事情，现在才发现它已经占据了我90%的精力。"该艺术中心执行总裁刘军这样形容自己的感受。

刘军说，2008年拿到这块地方之后，他和文化艺术界的朋友一致决定将这里改造成"跨界交流的文化工厂"。改造思路是就地取材、因地制宜：原封不动地保留原来的礼堂和厂房，然后给房子加盖一个大顶，刷上防锈漆，此外不再作任何外观改动。改造后的礼堂和厂房，成为具有不同功能的大、小两个剧场，东西相望。大剧场正门，正对一片草坪，尽头是一个主题餐吧。

这个建筑不仅被国外建筑评论媒体评为"2009年全球最受关注的表演艺术中心建筑"之一，还吸引了不少从事文化创意产业的企业进驻。

"艺术是个广义的大概念，文学、美术、戏剧、音乐、舞蹈、新媒体每个圈子都是封闭的，然而艺术最需要开放和融合，所以我们把这个地方叫做'聚敞艺术中心'。聚集的聚，敞开的敞。"刘军希望，"方家胡同46号"打破艺术门类之间的界限，"让艺术告别单身，产生更巨大的力量。"

东四北大街东侧的板桥南巷7号，原是人民美术印刷厂大院儿，现在已入驻20余家文化创意公司。走进院子，主楼、配楼、两个纸库、锅炉房加车库，是这座创意工厂的全部建筑。

　　荷兰籍建筑设计师巴斯像个地道的北京人一样骑着自行车来上班了。巴斯目前在MAD建筑事务所供职。沿着上世纪七八十年代的水泥楼梯来到二层，右手边是巴斯工作的地方：一个毫无隔板遮挡，所有设计师"坦诚相见"的大开间。楼梯的左手边，则是工作疲劳时暂作休息的咖啡厅，楼上还有设计师们的瑜伽房。这样的工作环境，实在让人羡慕。

　　巴斯说，胡同里平易、祥和的氛围让人们消除了沟通的障碍，闲来聊上几句，是再自然不过的事情。MAD的理想是：建筑让人的生活更自由。显然，"胡同里的创意工厂"拥有这种特质。

文　静

（原载《中国青年报》2011年11月26日第3版）

研发百姓吃得起的救命药

在北京玉泉慧谷科技园区，有两栋看似平凡的暗红色小楼。进入小楼需要经过三道门禁。有限的空间内拥有近20间实验室。地下一层库房里，整齐码放着几千种实验原料。

这就是北京赛林泰医药技术有限公司。在医药研发领域，这是一家刚满"周岁"的"新势力"。但在董事长李文军看来，这个"新生命"却充满能量和希望：在硬件配置上，赛林泰公司拥有7000余平方米的实验面积、近400平方米的万级动物房。在人员配置上，全公司90名员工中有32位硕士、18位博士。

公司的科研能力令李文军引以为傲：企业规模虽小，却是个人才"富矿"。

李文军的创业初衷源自媒体的报道。"近年来，我国肿瘤和糖尿病的发病率在逐年上升。但是治疗费始终没有下降。尤其是抗肿瘤药物，由于国内自主研发产品的缺位，导致这一市场始终被价格昂贵的进口药垄断。如果国内患者购买进口药，一个疗程至少要花几十万元。这是个天文数字。患者如果承受不了高价，就必须选择对身体伤害很大的传统治疗方案。"李文军说，"因此，我很想在这个领域做点事情。"

但是脑海中的计划一经实施，李文军就碰了"钉子"。

对管理专业出身的李文军而言，药物研发是完全陌生的领域。而在药研企业，科研、技术创新是生存根本。"我可以是'门外汉'，但公司团队必须非常专业。"他说。

医药研发的投入巨大，赛林泰的规模并不算很大，公司的注册资金为3180万元。如果想吸引高技术人才，企业必须另寻闪光点。如何让"小公司"吸引到"大人才"？这个难题让李文军绞尽脑汁。思前想后，他觉得，赛林泰能够提供的最珍贵的礼物就是"尊重和诚意"。

赛林泰生物部高级总监彭勇正是被这份礼物打动了。

第一次接到李文军的电话时，彭勇和家人仍身在美国。当时他就职于美国一家知名的医药企业，负责一个重点项目的研发。得到创业邀请后，彭勇一度犹豫不决，"抛弃已有的稳定生活，回国走上全新的创业之路，对我而言不是容易的决定。"

对于这份顾虑，李文军深表理解，他告诉彭勇不必着急回复，这件事情必须充分考虑。"但是有两点我可以保证：第一，公司的发展目标非常明确，要造出中国百姓吃得起的救命药；第二，在赛林泰他一定会最大限度实现价值、展示才华，我会为科研者提供最宽松的发展空间。"李文军说。除此之外，公司多位创业者还获得了部分股权。

经过坦诚沟通，彭勇最终下定决心，应邀担任公司生物部高级总监一职。

"在公司文化中，尊重人才和科研是很重要的一部分。"赛林泰医药技术有限公司总经理助理张英利深有体会。

在她的记忆里，曾发生过一件难忘的事情。

"有一次，研发人员会议时间碰巧与公司领导会议相撞。当时我正在想尽办法协调。这时董事长对我说：'小张，我们的会议暂时改在办公室里开吧。让项目研发团队优先。'"

生物医药的研发过程往往漫长而枯燥。虽然是"门外汉"，李文军却深刻理解研发人员的不易。"世界上所有成功的药物研发过程都有一个共同点：一步一个脚印。这不仅需要公司的付出，更需要科研人才的付出。因此，必须让他们找到'安全感'，放心地做研发。"他说。

回忆起一年来的工作历程，彭勇用"舒心"二字概括。"在这里，工作很忙碌，市场竞争也很激烈。但合作环境是自由和信任的，团队是高效而有活力的。"他说。

更让这股"新势力"信心倍增的是，近年来，国家政策始终大力支持医药领域发展。据国家"十二五"规划显示，医药制造业已被列入未来重点发展行业之一。

对于未来的发展，李文军目标明晰："必须承认，我们仍然落后于发达国家的水平。作为一家年轻的医药公司，我们的短期目标是生存、盈利。但最终目标是要做出一流良药和自己的品牌。"

短短一年间，在中关村这块视创新为生命的热土上，赛林泰已研发出10个一类新药项目，已获国家"十二五"重大新药创制项目3项，公司引进的海外人才中有4人同时入选北京市"海聚工程"。但李文军表示，未来的路还很长。"做老百姓吃得起的药"，仍将是赛林泰执着而朴素的梦想。

骆　沙

（原载《中国青年报》2011年11月29日第3版）

"变形金刚"走进医疗器械领域

在北京天智航医疗科技股份公司首席运营官郑刚的眼中，医疗器械是一个有生命的领域。"一台智能化的医疗器械设备，不仅有'眼睛'有'手'，还有能够思考的大脑。"他说。"骨科机器人导航定位系统"便是一台有生命的"变形金刚"。

在这台半人高的乳白色机器上端，有两块方形显示屏。"这就是机器人的'大脑'，医生设计的治疗方案通过这里输入。"按下启动按钮后，"手臂"便会严格依照"大脑"发布的指令，进行手术。

这个看似个头不高的"变形金刚"，事实上威力巨大。北京和延安相距949公里，在2006年3月，正是依靠"骨科机器人导航定位系统"，在两地间完成了我国首例"髓内钉远端锁定异地遥控操作手术"。

"当时，通过远程控制中心，身处北京的骨科专家与远在延安的医生，实现了实时对话。这就像电视台的多地现场直播：手术室里的每一步进展，两地专家都能够同步跟进。"郑刚说。

通过电脑传输，现场的手术图像会清晰显示在千里之外的屏幕上。于是，身在异地的专家能精准指导基层医生的手术刀。有了这台"变形金刚"，医生便成了名副其实的"千里眼"和"顺风耳"。

在天智航公司内，便有这样一处模拟智能化手术室。室内，正对大门的是一块电视屏幕，用来为手术医生提供手术图像。手术室隔壁，是一间敞亮的远程手术指导中心。指导中心正前方是由16块电视屏幕组成的一整面屏幕墙。

"手术进行时，手术室和指导中心的操作系统是相通的。专家可以通过操作系统全程跟进和参与指导，并在大屏幕上同步显示。这就是远程手术得以实现的基本原理。"郑刚说。

除了解决了"距离远"的难题，"变形金刚"的另一大优势是解决了"高精度"的难题。"手术中，对每一个步骤的准确性要求都很高。但是人工操作有很多不足，首先由于术中辐射的原因人眼不能长时间观看；其次手术结果会受医生的状态、心情等主观因素的影响。这些因素都很容易导致手术中的偏差。但机器操作则不存在这些问题。将设定好的手术方案输入后，'机器手'会严格按照程序进行。医生只需要严格按照机器人的指令执行手术操作即可。"他说。

目前，"看病难"仍是一个突出问题。在郑刚看来，"'难'的核心是好大夫供不应求。所有人都想找经验最丰富的医生看病，但医生的时间和精力是有限的。如果智能化手术系统能够推广，就会大大降低对医生的技能要求。"他说。

在他的构想中，优秀医生的治疗经验可以通过总结、编程，最终形成规范的诊疗路径。按照这些医疗范本的指导，基层医生在"变形金刚"的帮助下能够迅速为患者制定手术方案。"一方面优秀大夫的治疗经验得以推广；另一方面更多的患者能够享受到福利。"他说，"运用先进的操作设备，能大大减少手术对医患双方的伤害。"

以骨科微创手术为例，不仅病人面临风险，医生也一样。比如在进行股骨颈空心钉内固定手术的操作中，因为无法通过肉眼看到骨骼内部的情况，因此在打入3根空心钉做股骨颈内固定时，医生需要先后拍摄上百张X光片。

"一例手术就得接受上百次辐射，那么一年骨科大夫接受的辐射量是多少？我们只是想想都觉得可怕。更糟糕的是，辐射的危害性是会累积的，伴随着医生工作时间的加长，健康状况多少都会受到影响。"他说。

但是有了"变形金刚"，一切就简化了许多。"一例手术最少只需要拍6张片子。前后对比下来，新型手术的优势就更明显了。"他说。

据了解，自2005年成立以来，天智航技术有限公司始终致力于医疗机器人及相关智能化医疗设备、器械的自主创新。这间坐落在北京市留学人员海淀创业园的新型公司，是中关村创新型试点企业。

"公司的每一步成长都以市场需求为导向，坚持自主创新。这些年来，我们成功开发了具有国际领先水平的骨科机器人导航定位系统，掌握了多项拥有自主知识产权的核心技术，并申请了多项发明专利。"郑刚说。

但成绩背后仍然潜藏着一份担忧。"目前，医疗导航机器人的巨大意义虽然得到了业内人士的认可，但推广起来仍旧举步维艰。"郑刚说，"首先，由于这种医疗器械是原始创新，没有国外的公司培育市场，我们需要花费很大的精力和成本去建立临床规范，制订临床应用标准。"

其次，由于这种新型医疗器械没有订价和使用收费标准，更没有进入医保目录，医院在采购中也面临很多尴尬。"即使医院买回去给患者进行手术，后期收费也名不正言不顺，新医疗技术进医保目录的难度很大，周期很长。"

令郑刚骄傲的是，来自欧美的诸多一流医疗器械公司看过这些小"变形金刚"后，也不禁"啧啧"称赞。"这项技术的世界领先程度得到了行业内的肯定。但是我国创新领域普遍面临的问题就是：研发成果产业化的难度很大。如果没有推广应用，距离实现技术的真正价值仍很遥远。"

"希望有一天，'变形金刚'能真正大范围走入手术室，让更多患者受益。"他说。

骆　沙

（原载《中国青年报》2011年12月1日第3版）

做LED产业链的中国名片

在孙国喜的办公桌上，芯片和灯泡是当仁不让的主角。一条条细长的金属条上，排列着一个个微小的芯片；那些看起来相貌奇特的灯泡，亮堂堂的灯身"穿"着一层铠甲，看不到钨丝，全靠四周奇妙的芯片发光照明。

说话间，"啪"的一声，他按了一下开关，霎时，一排芯片灯泡把屋子照得雪亮。"这就是LED照明灯，不久的将来，会进入普通人的生活中。"

对易美芯光（北京）科技有限公司研发部高级总监孙国喜而言，正是因为与LED照明结缘，小小的芯片照亮了他们的海归团队归国创业之路，更成就了这个创立仅两年的公司，在海内外竞争激烈的市场中，打拼出电视行业LED产业链的一张中国名片。

光电"男人帮"归国创业

2007年，还在美国的孙国喜周围有一个"男人帮"：范振灿、刘国旭、朱浩和杨人毅。彼时他们来到美国已十几个年头，组成了一个研发团队，主攻LED光电业。渐渐地，他们发现，在美国做LED产品的生产，成本高、投资大，只能打包出售技术。这一年，他和几个哥们儿把一手创办的公司卖给了Finisar公司。

将研发转化为实实在在产品的渴望并没有破灭。2008年的一天，一个想法在他们脑中萌生：在美国已经生活了十几年，从小公司做到了大公司，从普通员工做到了管理者，是不是还可以走一条不一样的路？

于是，"男人帮"不约而同地选择回国创业，进军中国LED照明产业。孙国喜说，之所以做这样的选择，缘于大家共同的判断，未来技术的突破方向集中在LED发光管上，在很长一段时间里，这都将是一个潜力无穷、大有可为的市场。

有了想法就迅速行动。回国后，五人组成了易美芯光公司，分工明确，各司其职。易美芯光整齐的海归团队，强劲的研发能力，让风投公司闻风而来，与投资公司的合作一拍即合。

2010年，易美芯光从北京中关村知春路的小办公室，搬到了亦庄汇龙森科技园2号楼4层，这一层楼中，一半是办公区，另一半是厂房，可以将自己团队研发的技术直接输送到产品线上，闯到市场上去。

中国LED名片比肩日韩

创业之初，电视行业的LED液晶屏市场基本被韩国、日本所垄断，中国的电视厂商没有"自由"身，因为液晶屏需要进口，所以配套的元器件也被境外厂商所控制。

到2010年年底，这种情况终于有了改观。孙国喜说："京东方等公司的出现使国内自己也可以制作液晶屏，将境外一统天下的格局打破，逐渐开放了技术资源。"

此时，易美芯光一直没有停下研发电视LED液晶屏的脚步。易美芯光创新研发出封装技术，LED液晶屏技术渐趋成熟。

"目前，TCL、长虹、京东方等都在应用我们的技术。"孙国喜说。易美芯光的出现，打破了境外技术垄断的局面，是大陆唯一一家进入几大电视厂商的LED企业，比肩韩国三星。

孙国喜和他团队的目光在更远的地方：小功率的LED应用已经很普遍，但大功率照明用LED却很少有人设计。于是，易美芯光瞄准了大功率LED市场。

"未来更大的市场在室内照明上，用LED做日光灯管的替代品，它寿命长又省电。现在一个7W的LED照明灯亮度，相当于60W的白炽灯，十分节能环保。"孙国喜说。

让LED照明进入普通家庭，照亮人们的生活，已经成为易美芯光下一步的主攻方向。"西方主要工业国家已经或即将禁止销售白炽灯了，中国也制定了白炽灯禁用时间表。"孙国喜说，"我们现在要做的是，不断使LED照明灯的性能和价格能越来越为普通百姓所接受。"

做有品质的公司，宁肯速度慢一些

易美芯光已进入LED产业发展的快车道，但孙国喜希望这列创新团队列车速度慢一些。

孙国喜敏锐地看到，新技术兴起时，市场往往会有很大的波动，很多资金和技术一下涌出。"目前LED市场上，各个厂商的资历和投资参差不齐，一些厂商只是盲目跟风，有做日光灯管的，有做电路板的，甚至有钱有势的大老板也来做LED，他们没有真正的技术支撑，优胜劣汰，光是追捧新兴市场，只能被淘汰。"他说。

几年前，与易美芯光同时起步的LED公司有很多家，而现在能做电视市场的，却只剩易美芯光等为数不多的公司。每一个环节，都如同大浪淘沙。

现在有越来越多的电视厂商邀请易美芯光一起合作，搞研发，但很多厂商都被他们婉拒。

"在现在的大环境里，大家都在赶速度，难免浮躁，不重视产品的品质，这不是我们的目标。"孙国喜说，"做技术研发，只有经过一定的时间和历练，才能对自己的产品做保证，我们搞研发的人，应该沉下心来，把产品本身做好。"

与一个供应商的对话令孙国喜印象深刻。他曾对一个供应商说，"易美芯光"的梦想是变成第二个"三星"。这个供应商告诉他，"你们不能跟在三星后面，应该比三星更强、更好。"

这句话点醒孙国喜。"我们要在LED业界做出自己的品牌，做出叫得响的品牌，人们一提到LED就能想到中国、北京的易美芯光。我们的技术要跟欧美在同一水平线上，甚至要比欧美更先走一步。"孙国喜说。

今后3～5年，易美芯光计划在照明市场上，做到20%～30%的市场占有率，"LED照明是一个长久发展的过程，我们有信心、有耐心坚持走下去。"

崔　丽　李　馨

（原载《中国青年报》2011年12月6日第3版）

移动支付将成大趋势
未来出门或许只需要带一部手机

在易宝公益圈网站最显著的位置，有两组实时变化的数字：已有43220664人关注易宝公益圈，累计捐款25048792.09元。数字下方是"立即捐款"的黄色点击钮。点击后，易宝支付用户便可以在几分钟内通过电子支付系统为慈善机构捐款。

与此同时，易宝支付系统会联合慈善机构向捐赠者发送电子捐赠证书。证书内清晰显示用户的捐赠日期、金额、捐款总数等各种信息。

"证书将在易宝公益圈网站永久保存。捐赠者随时可以查询、打印。易宝支付希望通过自身作为互联网企业的技术优势，让资金往来更加规范而阳光。作为国内知名的第三方支付公司，这只是我们改变公众支付习惯的一部分。"易宝支付（北京通融通信息技术有限公司）副总裁余晨说。

2003年8月，北京通融通信息技术有限公司成立。

"当时全公司上下不到10个人。对于我们选择以第三方支付为创业项目，很多人都表示不解。"余晨回忆道。

在余晨看来，相较于更为前端的网站制作、网上购物等互联网领域，第三方支付更像是低调的"幕后英雄"。"第三方支付平台是整个互联网领域不可或缺的角色。无论是网上现金往来、购物、企业合作等各种商业行为都离不开支付。因此，从创业初期我们就坚信第三方支付会有极好的发展前景。公众一定会接受更为快捷、安全、便利的支付新模式。"他说。

在他看来，易宝支付至少能从三个方面改善人们的生活。

"首先是解决交易信息对称的问题。在传统的交易模式中，买卖双方往往会面临信息滞后、不对等等难题。尤其是对绝大多数中小型商户而言，面对大客户时，二者之间很难平等地对话。而支付平台则可解决这一问题。"余晨介绍。

据了解，支付平台往往拥有大量用户及商家信息。"这样一来，对于中小商户的保护意义就很明显了。因为他们不再需要费劲心思寻找客户的信息，而是可以通过支付公司寻找到更为可靠的合作者和更加有品质的产品。"余晨说。

支付平台的第二大功效便是聚合效应。

"每个用户的需求都不相同。以团购为例，当一个用户和商家谈判时，力量往往很有限。"余晨说，"但如果通过支付平台，将有着同类需求的成千上万家用户整合在一起，再与商家谈判的分量就大不相同了。聚合效应，能够让中小型商户的声音更加响亮。"

第三大领域，便是支付平台对公众捐赠行为的影响。

"网络公益和支付也是分不开的。对于绝大多数公众而言，手中并不具备庞大的捐款数额。但这不妨碍我们拥有慈善之心。易宝支付正是要借助自身支付手段上的优势，将水滴穿石的'微慈善'理念传递给公众。"余晨说。

"近年来公益领域出现过很多问题，引发公众质疑。无论怎样，公益本身是好事情，怎样做公益才是问题。如果公益是透明、开放的，那就不会出现种种弊端。而网络是开放、透明的平台。因此网络支付在公益领域具有重要意义。支付本身的金融属性，则适用于推动商业进步，让交易、网络公益更加透明化。"他说。

"网上支付每笔款项都会有清楚的来去痕迹。每笔交易都会有记录。因此，看起来'看不见摸不着'的网上交易，其实更利于监管。"余晨说。

据了解，近年来易宝支付通过网络供应平台捐赠金额达2400万，先后与30多家公益机构、近100多个公益项目合作。"我们相信，企业的行为多少都会给他人带来帮助。"他说。

"支付对于交易的意义，就好像搜索引擎对于信息需求的意义。搜索领域已经建立起了百度这样的领军企业，支付领域一定也会产生这样的企业。2003年我从美国回来开始创业，八年来，我们的感触有很多。"

余晨说，"近年来互联网企业发展势头非常迅猛，我们已经从最早的几个人发展到了今天的600余人。易宝支付更是中国人民银行第一批牌照获得者、中国北方最大的电子支付企业。企业年交易规模达1000亿元。"

对于未来发展，余晨坦言：如何坚持企业的差异化战略是重中之重。"易宝支付的发展理念与别的支付企业有很大差别。很多同行的关注点在于中小型企业的横向交易。但在我们的区别发展策略中，易宝支付则更倾向于走纵向发展的路线。"余晨说。

据了解，目前易宝支付涉足的行业领域包括电信、航空、保险、教育等等。针对行业内部的大型企业，易宝支付会量身定做专属行业、企业的支付模式。

对于行业的未来发展，余晨表示，移动支付将成为大趋势。易宝支付也开始在一些新兴领域布局，包括拓展移动支付业务。

"比如在移动支付方面，我们目前已和产业链上下游的很多企业都有合作。包括运营商、手机终端厂商、中间件平台、内容提供商。今天我们出门的时候会带上手机、身份证等一堆物件，未来这些物件可能都会集中成手机的某项功能，出门时只要带上一部手机就可以了。实际上，手机应用对移动支付有着天然的需求。"余晨介绍，"当前手机的覆盖远比电脑、传统互联网要大得多，手机的用户群，远远地超过传统互联网的用户群。此外，手机的移动互联网能够获得用户更高的付费意愿，手机上很多看似很无聊、初级的内容，比如很简单的音乐、很简单的游戏，很多人仍愿意付费。"

"我们坚信支付市场的前景是巨大的。"他说，"但无论怎样，我们都会时刻铭记作为互联网企业的社会责任。支付不仅要助力慈善，更要改善人们的生活。"

骆 沙

（原载《中国青年报》2011年12月24日第3版）

趣游：中国游戏的世界梦

趣游（北京）科技有限公司，在北京石景山区瑞达大厦的22层，沿着宽阔的办公平台一排排走下去，来到最后一排，是这家公司董事长兼CEO玉红的办公室。

所谓的办公室，完全开放式，没有围墙，没有房间，哪个员工想看看玉红在没在，踮起脚就能看到。玉红的座位后面，用一排绿萝隔出一个小会议室，来了客人就坐在这里聊。一个电动按摩椅是唯一说得上"气派"的设施，谁累了，都可以在这里放松一下。

"我需要的仅仅只是一个工位，能够做事情就可以了，开放式办公可以保持一种创业的氛围。"玉红，这位来自四川南充、1980年生人的CEO，正带领着他成立刚刚3年的年轻团队，"趣游"在网页游戏的世界里，矢志不渝地打造着一个中国梦。

有这么一种游戏，不需要安装一大堆复杂程序，只需要一个浏览器便可点击运行，这就是风靡全球的"网页游戏"。趣游公司，正是这样一家以运营"网页游戏"为主的轻游戏平台运营商。

对于趣游CEO玉红来说，网页游戏的运营，不仅仅照亮了创业之路，更点燃了他成就一家伟大企业的梦想。这个梦目前虽然只具雏形，却清晰可触。如今，趣游所描述的"游戏超市"已布局到日、韩，在这样的游戏大国里，中国制造的"网页游戏"，绝对可以称得上是No.1。

"趣游"对于玉红来说已不是第一次创业，大学还没毕业时他就成立过一家IDC公司（互联网数据中心），随后又成立了一家无线互联网公司，一直经营到2006年。第二家公司结束之后，玉红休息了一段时间。其间，他一直在苦思冥想，中国的互联网产品如何能在世界叫响？

他发现，中国的互联网市场虽然繁荣，却没有一个可以影响世界的产品，有的市值很高，但是没有自己的创意。而那时刚刚兴起的"网页游戏"给他带来了灵感。

"'网页游戏'是目前唯一可能实现全球化的产品，它没有复杂的技术，美术要求也不高，但在内容和玩法上却有创新，利用现在的平台很容易实现它。"玉红说。

有了想法，很快便投入实践。2008年12月，以运营"网页游戏"为主打的小"趣游"初露端倪，经过短短三年的发展，当初十几个人的小公司已成为拥有1200名员工的公司。

在玉红看来，中国很多游戏生产商都是艺术家，它们的产品相当于一件件艺术品，但艺术品和商品之间还有很大的距离。"趣游"网页游戏运营存在的核心价值，就是把一件件有价值的艺术品变成商品。"产品的定位和包装很重要，已经做出来的产品，我们帮它去匹配适合的市场，做前期宣传和包装。还没有做出的产品，我们一同去探讨发展方向。"玉红说。

成立3年的"趣游"，如今年产值已达到6亿元，但对于玉红来说，赚钱不是核心精神，伟大企业的核心价值在于全球性和时代性。发展成伟大企业是一个长远目标，路要一步步走，"趣游"首先瞄准的是网页游戏互联网公司的全球性。

如今，这家中国的网页游戏公司已开到了日本、韩国、马来西亚、北美、南美……在这些国家和地区，"趣游"都建立了自己的平台。但"超市"开到国外并不算成功，必须"产品"优质，这才是重点。事实证明，中国的"网页游戏"立足世界，无论是制作、设计还是运营理念，都可谓领先。

"在这些动漫相当发达的国家中，我们的产品输出后也是非常领先的。《天纪》《傲剑》在韩国是排名前三的'网页游戏'。"玉红说，"'网页游戏'制作出成品后，先投入国内市场，经过一年调试，再进行日本、韩国本地化，可能对于中国玩家来说，这些游戏已经过时了，但是对于外国玩家来讲，这些却是新鲜的。"

"趣游"在一点一滴进步着，"我们希望自己成为互联网的'华为'，虽然赚的钱可能没有其他互联网公司那么多，但是我们有自己的价值和作用，让人一提到'网页游戏'，就能想起这是中国的。"玉红说。

年轻的"趣游"已在世界舞台上打出一片天地，但对玉红来说，"一枝独秀"不算成功，整个行业一同进步，"满园春色"才是春。

2011年12月9日，由"趣游"发起的全国首个"轻游戏"产业园落户成都高新区。

"趣游"所提出的轻游戏：是以网页游戏与移动互联网游戏为主要领域的一种"无端"或者"轻端"的新型网络游戏；其游戏方式简单轻便，用户只需利用零散的碎片时间，打开浏览器就能体验到拥有华丽界面、操作简单易上手的各款精品网页游戏；轻游戏的制作成本低，易于推广，主要的受众群体为有一定消费能力的白领一族；区别于有端重游戏，"轻"的特性不会使人过度沉迷，而更加注重社交化。

说起设立这个"轻游戏"产业园的初衷，不得不提起玉红在国外考察的经历。在日本、韩国，公司之间的合作非常紧密，大家商量着做事情，互相帮助，一同进步。国内的现状却大相径庭，"即便在一个高新产业园中，每一个公司在研发什么，设计什么，运营什么，互相都不清楚，没有进行优化和配置，成功率也低。"玉红说。

在玉红的设想中，有了"轻游戏"产业园之后，各个公司不会再"单打独斗"了。整个产业的各种核心要素集合在这里，研发、运营、支付渠道、IDC服务、广告推广等一体化、规模化，形成一条完整的产业链。

"要想在国际上站住脚，单靠个人力量是很难达成的，只有企业、创业团队、政府合力去做，这件事情才会成功。上世纪90年代的十年是日本的天下，而后的十年是韩国的天下，未来十年很有可能是中国'网页游戏'的十年。"玉红畅想着。

"趣游"的LOGO是两条小海豚，首尾追逐，形若太极。这与公司倡导的价值理念也非常吻合：平衡之美、灵动之美、趣味之美、文化之美。

玉红眼中的"趣游"，会让人生变得更有趣。"无论什么职业，只有找到人生价值，才会成功。"如今，这两只小海豚载着"趣游"，朝着全球化的世界海洋游去。

崔 丽 李 馨

（原载《中国青年报》2012年1月5日第8版）

嘉博文："大胃王"消化餐厨垃圾

出去做节目的时候，北京嘉博文生物科技有限公司CEO于家伊通常会带上一些苹果，芳香的气味在大厅里弥漫，让很多人回忆起儿时的味道。很多人不知道的是，在漂亮可口水果的背后，隐藏着一个庞大的产业链，它不仅为城市餐厨垃圾找到安全资源化再利用的途径，同时也为发展现代生态农业找到了一座城市矿山。

泔水，这种令人闻风色变的餐厨垃圾，在于家伊的眼里，却是最好的原料——被称为城市有机废弃物，利用这些原料通过先进的技术和设备加工后生产出了"宝"——高品质有机肥料。

"我们能阻断地沟油、泔水油等生产链。"于家伊信心十足，"简单地说，我们利用专利设备和技术，不断地创新升级，把餐厨垃圾变成有机肥料，然后利用这些肥料产品改良土壤，反哺农业。"

没想到中国研发出如此先进的环保设备

走进嘉博文公司位于北京市朝阳区高安屯的餐厨垃圾处理站，场景很难让人和垃圾处理站这个名词联系到一起：这里既闻不到一般垃圾场特有的臭味，也见不到苍蝇飞舞，只见宽敞明亮的厂房和崭新的设备。

一车车的餐厨垃圾运来，被送进嘉博文自主研发的发酵装备中，工人们将复合微生物菌和一定比例的稻壳、花生壳等调整材料加入进去，在75℃~80℃的高温下，经过短短8~10个小时的发酵，生产出固体粉末状产品——土壤喜欢的生物腐植酸。

工作人员指着大大的设备说，"这就相当于人的胃，把这些餐厨垃圾'消化掉'，如果放在自然环境中，它们的降解过程会非常漫长。"

实际上，嘉博文自主研发的高温好氧发酵生产生物腐植酸技术，采用现代生物技术、工艺与设备，以餐厨废弃物、厨余垃圾及稻壳等有机废弃物为原料，经生物降解转化生成腐植酸原料，可加工成微生物菌剂、有机无机复混肥等新型生物肥料，并用此反哺农业。

2007年，嘉博文获得高盛集团的投资。"他们说嘉博文能把这么大量的有机废弃物迅速地处理，变成新资源，这一水平已经站在国际的前列了，他们对我们非常有信心。"于家伊说，"嘉博文是高盛投资中关村的第一家企业。"

2008年的北京奥运会更是让嘉博文名声大振。当时，北京奥组委希望用环保技术来处理剩饭剩菜，在30多家竞标企业中，嘉博文是唯一一家把餐厨垃圾快速转化为新资源的公司，并最终成功入选。

去年7月，世界知名的农业研究机构——洛桑实验站的土壤学家曾来嘉博文餐厨垃圾处理站参观，见到嘉博文的发酵工艺只需10个小时，其形成的腐植酸指标比上千年形成的草炭的腐植酸指标还高，觉得非常不可思议。

洛桑实验站的土壤学家惊叹说，原以为中国是环保科技比较落后的国家，没想到竟然研发出如此先进的环保设备。外国专家还走进嘉博文低碳循环农业示范园，见到有机肥料将原本沙化的土壤有机质快速提高，更是感到惊奇。

哈佛商学院也将嘉博文的商业模式列入经典案例用于他们的教学。

把行业壁垒产生的浪费变成流动的新资源

嘉博文从2008年才开始产生利润。并非盈利能力有问题，而是嘉博文潜心研发，打通了资源化利用上下游产业链，成功地整合了环保和农业两个行业，构建了一条从"餐厨废弃物—有机肥料—生态农业—安全健康农产品"的全新产业链，横跨了餐厨垃圾处理、微生物技术以及农业生产三个不同的行业。

"如果我们当初把自己仅仅定位成环保企业，完全可以依靠卖技术和设备，快速获得利润。"于家伊说，"但是，我们认为企业应该承担更多的社会责任。"

在于家伊看来，"一个企业要成就自己，一定要摒弃浮躁的做法，扎实地沉淀到行业里面去理解行业，拥有自己的核心技术，再与产业标准对接，才能在这一行业里持续性发展。"

于家伊说："嘉博文的真谛在于，放弃一个简单的盈利模式，选择一个复杂的模式。不是赚了钱的企业才是最好的企业，具备可持续发展内动力的企业才是好企业。嘉博文是在履行社会责任的同时实现自身的价值。"

随着城市化进程加快，城市人口增加，城市有机垃圾会越来越多，政府的压力也相应加大。嘉博文通过为城市有机废弃物处理搭建标准对接平台，既彻底解决了城市餐厨垃圾处理难题，又承诺为政府运营服务20年，减少了政府垃圾处理补贴支出。

"嘉博文还从源头上彻底消除城市久禁不止、严重危害人们身体健康的'泔水油''泔水猪'的现象，而且利用处理物生产出高质量的肥料，又能造福农业。"于家伊补充说，"嘉博文把行业壁垒产生的浪费变成一种新资源流动，新资源流动过程中就产生一种增量，在这个增量中大家都是受益者。"

现在，嘉博文的产品种类达20余种，市场需求大，产业前景广阔。

"如果北京全部推广应用餐厨垃圾资源循环处理系统，不仅可以解决日产1600吨餐厨垃圾的治理难题，使生活垃圾减少二至三成，还可以带动全市300多万亩绿色有机化种植，削减化肥施用量。"于家伊对未来充满信心。

从相对集中的社区处理站到规模化集中处理能力的高安屯餐厨垃圾处理站，从北京的有机苹果、设施草莓到山东寿光蔬菜沃土计划的应用，目前，嘉博文的创新模式已经在北京、成都、上海、南京、无锡、广州等地复制推广。

辛　明　　艾瑞红

（原载《中国青年报》2012年1月12日第3版）

想影响美国主流社会的中国传媒公司

当国内音像出版行业跌入低谷时，俏佳人公司的音像产品在海外已经打开一片市场。就在 "俏佳人"这个品牌为国际影视市场所熟知、公司正稳步发展的时候，老总李燕却要押上所有的资产去谈一笔生意。

这一年是2008年，美国爆发金融危机，李燕从危机中嗅到了商机，打算并购将被拍卖的美国国际卫视。

要谈并购，需要资金。除了拿出俏佳人公司的全部资产作为银行贷款抵押之外，李燕还押上了自己和妹妹李丰的全部房产。

那时，李燕和李丰都已经是五十岁上下的人了，为什么非要"砸锅卖铁"去买一家美国电视台？因为李燕心中一直有一个"媒体梦"。

上世纪80年代，机械专业出身的李燕进入福建省长龙影视公司工作，从此迈进了文化行业。之后，她又成为香港美亚集团中国区总裁。1992年，李燕听到电视里播出的邓小平南巡讲话后心里激动不已，很快便辞职在珠海办起了一个名叫"俏佳人"的音像出版公司。

从制作和发行印着"美女头"的黑胶卡拉OK唱片，到发行中国第一部国内影视剧音像产品《还珠格格》，再至花1000万元买下电影《英雄》的音像版权，俏佳人公司总是开国内音像行业之先河，并紧跟大众的文化娱乐潮流。

俏佳人公司走向海外市场，似乎是偶然，也可能是必然。1995年，俏佳人公司和国家体委合作，收集和出版发行"中华武术展现工程"系列产品。但产品在国内很受冷落，这让李燕开始考虑到海外寻找市场。

那时候，大多数美国人最熟悉的中国面孔是李小龙，外国人一谈起中国功夫便啧啧称赞或是好奇不已。

李燕把"中华武术展现工程"系列产品带进了法国戛纳电视节等国外主流影视文化节，在那里，李燕找到了一位华人合作商，赚了海外市场的第一桶金。1998年，俏佳人在美国成立了公司。

"我们也是后来才知道，'中华武术展现工程'系列产品在海外的流行程度：希拉克的保镖、普京的女儿都收藏有俏佳人的产品。"北京俏佳人公司总经理、ICN电视联播网副总裁李丰说。

从此，俏佳人公司走上了一条进军海外的"不归路"。

随着俏佳人公司"走出去"的步子迈得越来越大，李燕和其他管理层也认为主营影视制作的俏佳人公司"需要一个大的平台作为支撑，要有一个电视媒体"。李燕心中的"媒体梦"越来越清晰了。

2009年4月27日，李丰准确地记得那个日子。那天，李丰参加了文化部召开的一个会议，会上公布了商务部、文化部等部委发出的《进出口银行关于金融支持文化出口的指导意见》。李丰立刻给在美国的姐姐李燕打电话告知了这个消息。4天之后，李燕就跟美国国际卫视签订了并购意向书。俏佳人公司拿到了进出口银行1225万美元的境外投资贷款，为并购计划的成功添了一块砝码。

2009年7月，俏佳人公司成功并购美国国际卫视，新成立了"ICN电视联播网"，通过卫星、有线、无线电视覆盖全北美，拥有16个频道、3个覆盖全美的卫星频道和4个有线节目，直接收视人口7000万人，将近美国人口的四分之一。

在拥有了电视台尤其是英文频道之后，俏佳人公司的"野心"也更大了，他们希望依托电视媒体影响美国主流社会。

"用美国人听得懂的语言"去传播信息以及呈现中国的国家形象，成为ICN电视联播网节目制作的"秘诀"。

让李丰自豪的是，ICN电视联播网已成为很多亚裔政府官员和议员重视的传播平台。"他们会主动与电视台寻求合作，利用ICN电视联播网的影响力来争取民众支持。"

更多的国内影视剧和电视节目会通过ICN电视联播网在北美亮相，美国人可以同步观看中国的热播电视剧。

从一家音像出版公司转型为跨国传媒公司，俏佳人公司用了不到20年时间。作为中国和海外文化的沟通者，"俏佳人"一直在路上。

陈　璇

（原载《中国青年报》2012年2月18日第3版）

绿色游戏打造新"客厅文化"

　　在一间不足10平方米的客厅里，一家五口可以各取所需。借助科技的力量，孩子在虚拟世界里"跋山涉水"，父母能够即时看到最新的电视剧集，爷爷奶奶则可与远方的亲人视频对话。

　　对北京联合绿动科技有限公司首席执行官罗争而言，这个梦想即将集成于一台小小的机顶盒中，与公众见面。

　　罗争和他的团队创作研发的全国首款"在线多媒体运动机"预计于今年4月面市。"这款产品运用了全球领先的3D全身动作识别及交互技术。娱乐机由主机、3D全身动作感应器、在线多媒体运动平台和云服务应用四部分组成。"罗争说。

　　在这套设备的衔接下，用户、电视屏幕、网络虚拟世界便可实现即时互动。"用户不需佩戴任何操作设备，便可以亲身参与虚拟世界的游戏进程。用户的每一个肢体动作都将准确呈现在屏幕上，成为游戏的一部分。"罗争说。

"很多人都认为游戏对人的影响一定是负面的。联合绿动希望通过实际行动缔造一款绿色、健康的游戏机，为人们创造美好的'客厅文化'和'家庭生活'。"联合绿动联盟与服务部执行总监王鑫说。

在罗争看来，现代家庭的"客厅文化"是一种新生活方式，主要有三个特征：首先是传统化，强调人的要素，倡导家人和睦，亲情互动；其次是娱乐化，客厅空间大，有电视，常聚会，能承载丰富的娱乐文化节目；最后是智能化，高科技让客厅变得更加智能化，3D自然交互、虚拟现实等新技术"放大"了客厅空间，拉近了人与人、人与世界的距离。

在产品即将面市之际，罗争坦言一路走来实则充满艰辛。"作为国内首家、世界第二家推出3D体感游戏的公司，我们并没有可供模仿的对象。对于创新性企业，首先的困难就是资金紧缺。"在企业发展之初，为缓解公司压力，罗争甚至将个人房屋作为贷款抵押。

其次，面对市场，罗争坦言竞争对手非常强大。"我们的竞争对手微软公司仅研发团队就有上千人。无论在人力、财力还是经验上，联合绿动和国际知名企业都存在很大差距。因此，我们必须以精益求精的态度完善产品、寻求优势、满足用户需求。"他说，"为了让游戏更能满足用户需求，我还特意让自己的孩子在家试玩。希望从孩子的角度获得更多意见。"

消费者绝不愿意花钱买一个没用的盒子放在家中。"消费者需要的是这个'盒子'带来最优质的游戏体验。这正是4年来，我们所追求的。"罗争说。

2011年圣诞节前夕，联合绿动CT510运动机的首家卖场体验区已在北京悄然开张。

按照罗争的划分，人机交互机的发展应分为三个阶段。以三维空间的动作识别、交互3D摄像头为核心的产品正处于第三阶段。"目前全球仅有两家公司拥有成熟的产品。一家是微软的Xbox Kinect，另一家就是联合绿动的在线多媒体运动机。"他说。

罗争说："创造模式的公司能够生存，而跟随者却很难活下来。联合绿动选择成为前者。我们会把有限的资源投入在对游戏机的开发和完善上，这是决定有无市场的关键。"

"目前，联合绿动已与海内外数十家公司合作。未来联合绿动平台上将拥有30种应用产品和内容，以职业女性、少年儿童、中老年人等为核心用户。'在线多媒体运动机'瞄准的是中国1.2亿城镇家庭客厅的文化娱乐需求，目标是在2015 2020年成为中国市场家庭视频游戏设备及在线服务的第一企业。3D运动休闲应用及社区开发技术，一定会成为人们生活中重要的一部分。"他说。

骆 沙

（原载《中国青年报》2012年2月25日第3版）

暴风影音：享受电影的另一种境界

2008年，尽管暴风影音仍然是国内最好的视频播放器之一，但是冯鑫和他的暴风团队却面临着艰难的转型。

"互联网世界里，不是各领风骚数百年，而是数几年。一家IT公司如果落后潮流几年就很难再追上，而一个中小公司抓住机会就能脱颖而出。"曾经当过9年IT记者、现任暴风网际副总裁的王刚对互联网行业竞争的残酷性有深刻的体会。

2005年，冯鑫创办了北京酷热科技公司，推出了当时国内最小的万能视频播放器——酷热影音。两年后，酷热收购了暴风影音，成立了暴风网际公司。从此，暴风影音进入了冯鑫时代。

在暴风影音发布一代又一代新产品的同时，用户的使用习惯也发生着变化。过去，人们会使用播放器来看下载好的视频，但随着在线视频平台日益成熟，更多人会选择点开感兴趣的视频在线观看。

暴风影音迎来更多的竞争对手，不仅要面对客户端软件之间的较量，更要应对来自在线视频网站的挑战。此时，冯鑫已经预见到视频播放这款"蛋糕"的切法会改变，但是暴风影音团队也陷入了迷茫，他们不清楚公司究竟该如何定位。

"是去做网络游戏还是向'社区'发展，是去做内容还是直接去发展新媒体呢？"王刚坦陈，暴风影音也走过一段弯路，"战略的原因，也有选择失误，也跟我们的团队有关。那时候，我们处在茫然阶段"。

2008年是奥运之年，四年一次的奥运会是一次视觉盛宴。暴风影音不想错过这次机会。在这一年，暴风影音开始向在线视频领域进军。

暴风影音逐渐走出困顿。2009年5月，暴风影音推出暴风盒子。王刚解释，"暴风盒子是一个聚合平台，一个包含有网络电影、网络视频的，聚合了互联网90%以上的视频内容的平台，也如同一个网络收视指南"。暴风盒子也标志着暴风影音将从单一的播放器转型成为在线视频平台。

虽然互联网行业竞争残酷，但在王刚看来，"合作关系可以大过竞争，不是非得你死我活"。暴风影音和央视、搜狐、新浪以及酷6、土豆等主流的视频网站进行过合作，"视频内容的聚合平台"也是基于竞争对手之间的合作才能够建立起来。

在视频播放领域"诸侯混战"的年代，冯鑫还是清醒地将暴风网际公司定位为"技术驱动型"企业。七年前，冯鑫推出的酷热播放器就是凭借其"体积小、功能多"的技术优势一举"击败"其他播放器。如今，暴风影音的不断升级以及转型依然要靠技术来推动。

"左眼要爆炸"。2011年，暴风影音又推出一项视频优化功能——左眼键。左眼键究竟是什么？这一次，暴风影音卖足了关子。这是暴风团队的营销策略。江南春等IT界"大佬"也来捧场，他们左眼带着眼罩的"独眼龙"形象在微博上快速传播。

左眼键也并不神秘，它是暴风影音自主研发出来的可以显著提高在线视频画面清晰度的技术。

"左眼技术还在实验室阶段的时候，它还只是呈现在一个工程机上，就已经让我们感觉很震惊，因为它大大提高了原有画面的质量。"王刚介绍，暴风团队只用了10个月就将左眼技术从实验室带进千家万户的电脑里，并申请了专利，"跟我们合作的英特尔等硬件公司对这个技术也很称赞"。

冯鑫是带着"有一分钱也要砸在技术上"的态度来打造暴风影音的。普通用户在享受左眼键所带来的视觉享受时，难以想象技术研发人员所耗费的心血。在左眼键对外发布的当天，冯鑫给所有在场的暴风成员深深鞠了一躬，很多人都哭了。

"左眼技术在全球领先"，"即使你只用1兆宽带，也能看高清视频"，"未来或许可以在移动终端设备上看暴风影音聚合起来的视频内容"……或许暴风影音并不完美，但是它始终在靠近视频观看者的需求。现在，2.5亿电脑用户安装了暴风影音，每月使用两次以上的人数超过1.5亿，每天有5000万人观看暴风影音的在线视频。

无论暴风影音如何转型，它都要回到一个原点：如何让用户在不被干扰的环境下，看流畅、清晰的画面，去更好地享受电影。暴风团队认为，这才是暴风影音真正的价值所在。

陈　璇

（原载《中国青年报》2012年3月2日第3版）

咱百姓也能用上便宜抗癌药

不久前，质量超过美国同类产品2～3倍的长效型抗肺癌药"恩妥宾"开发成功，并预计今年上半年上市。令业界人士大跌眼镜的是，这款在世界上技术领先的新药，居然是一家刚刚成立6年的公司生产的。

中关村创业大厦，就是这家年仅6岁的北京凯悦宁科技有限公司所在地。作为公司创始人，董事长吴洪流在这里走过了难忘的创业之路。

6年前，身处美国的吴洪流已经拥有了一份精彩的个人履历：在美国杜克大学攻读博士期间，创立了世界首例自由基生成C–C键不对称合成催化反应，被誉为近代自由基化学的重大突破；曾获得世界级有机合成奖，成为杜克大学获此奖项的首位外国学者；是完成万古霉素人工全合成的主要科学家，该项目被誉为当代药物合成化学的里程碑之一……

吴洪流并未沉浸于安稳与光鲜的生活中。"我最大的心愿还是能回国干点实事儿。"他说。

2006年年初，吴洪流放弃了丰厚的收入、稳定的生活、业界的地位，选择了回国创业这条完全未知的道路。那一年，北京凯悦宁科技有限公司成立，吴洪流组建了一支研制抗癌新药的新生力量。

近年来，肺癌始终是我国各类癌症中患者人数增长最快且危害极大的恶性肿瘤之一。早在2008年，全国医院治疗的肺癌病人总数已超过100万人，发病和死亡率占世界第一。于是，吴洪流将攻克抗肺癌长效药作为研发重点。

在吴洪流看来，药物研发最重要的意义，就在于能够挽救那些身患重症的生命，让他们的生活重新充满希望。

然而，由于对国内发展现状、科研及市场氛围缺乏了解，刚刚回国的他面临很多困境。首要困难就是企业融资找不到渠道。

如何度过这段最为艰难的时期，吴洪流坦言唯有"坚持"。"创业必然是一个坎坷的过程，但我相信只要坚持就一定会有转机。"他说。

为此，凯悦宁公司的几位高管甚至在很长一段时间内都不拿工资，将这笔资金节省下来用于公司运营。"有些同事甚至拿出自家积蓄用于企业发展。说我们当时'砸锅卖铁'熬过来，一点也不过分。"他说。

数月之后，转机终于出现了：吴洪流入选首批"千人计划"、首批北京海外高层次人才"海聚工程"，公司则成为中关村"瞪羚计划"首批重点培育企业。

"对于我们这类从事新药开发的企业而言，寻求合作是解决资金问题的重要渠道。正是由于获得了行业认可，凯悦宁的发展之路才逐渐拓宽。在此之后，我们接到越来越多的合作邀请。"他说。

在随后的时间里，这支年轻的新药研发团队取得了多项成绩。据了解，目前凯悦宁已拥有抗癌、新型疫苗、心脏病等新药及数个生物工程制品项目；已研发3种具有世界水平的新药型，填补了国内空白；公司拳头产品——长效型抗肺癌药"恩妥宾"也于日前正式宣布开发成功。

更令吴洪流感到骄傲的是，在同类产品中，"恩妥宾"在技术上采用取得国家发明专利的7步制备路线及新型的制剂配方，产品的纯度控制在99.3％以上。去年年底"恩妥宾"已经获得国家药监局新药证书和生产批件，其单药或复合用药对胃癌、直肠癌等病症的临床试验也相继展开。

"除此之外，该药物的毒副作用也大大减低，能够极大改善病人的生活质量。不仅如此，如果未来该项药物生产能够实现原料国产化及批量化生产，药物价格将进一步降低。患者购买同等的国产药物将比进口药物节省三分之一以上的费用。"他说。

据吴洪流介绍，目前"恩妥宾"的年生产能力在5万支左右，大概可以满足1万名患者的需求。今年上半年上市销售后，公司将有更多资金支持后续新药研发及产业化生产。

企业建立6年来，凯悦宁始终专注于生物医药领域创新药物的开发和产业化。在吴洪流看来，凯悦宁还有漫长的前行之路。

"创新，我们只是开了个头儿。如果说创新药研发攻坚是一座大山，那我们也只走过了一个小山头。未来，希望更多百姓能享受科技带来的美好生活。"吴洪流说。

骆　沙

（原载《中国青年报》2012年3月27日第8版）

天脉聚源：视频大魔术师的道具提供商

在中央电视台第21届冬奥会期间直播的节目《全景冬奥会》中，主持人张斌通过手指，将精彩的图片或视频在触摸屏上任意放大、缩小、旋转，并将讲解过的图片整体"打包"，一甩手抛到LED大屏幕端，整个过程就像一场精彩的魔术表演。

为"魔术师"提供"道具"的，是一家由国内外知名IT、媒体界资深高管、科学家共同发起并创建的高新技术企业"天脉聚源"公司。

进入"天脉聚源"的大门，大大小小无数个LED屏映入眼帘，只要用手指轻轻触碰，便可以在上面签名、查询电视上刚刚播出的视频、搜索需要的资源等。一眨眼的工夫，刚签好的签名，已被传送到大屏幕上，另一头的打印机，已经将你的签名打印好，留作纪念。

"天脉聚源"由毕业于剑桥大学三一学院的伍昕2008年创建，天脉取自TV mining的音译，即电视挖掘，而聚源则是汇聚的意思，意为提供信息源泉。在伍昕和他的团队看来，如今电视每天产生的内容是海量的，但不可回放的劣势使大量信息变成无效信息被浪费和遗忘。有没有一种产品能够让传统媒体的那些制作精良的节目，不受时间限制地在网络上随时随地被搜寻到呢？

曾供职于全球著名软件企业的伍昕，十几年前参与了把视频数据中的可结构化内容提炼出来的研究，这对后来企业的发展帮助很大。"'天脉聚源'可以把200多个电视台的播出内容，通过机器做数据分析和加工，整理之后可以精确到里面的每一个字，非常准确地定位到每一帧、每一个画面。"天脉聚源副总裁孙淼说，简单地说，天脉聚源做的工作就是将全国乃至全球主要的电视数据，一股脑儿塞进自己的"口袋"里，然后打上标签，做好印记，谁有需要都可以来检索——只要输入一个关键词，你就能从电视数据中迅速定位到自己所需要的一段视频、一个场景、一句话甚至是一张人脸。

除了对海量信息进行有效监控和定向收集，"天脉聚源"的出现还改变了一些电视节目的播出形式。

"去年3月，央视想用一种新的方式展示节目，我们就给他们做了一个大的'Ipad'，用手指就可以操控，或圈画，或拖拽，效果一目了然。"孙淼说。

世界杯的时候，触摸屏又变身成为微缩的球场，相当于一个大沙盘，在这上面主持人拿一支笔就可以圈画，交互操作。

在《这里是广州》节目中，"天脉聚源"又带给我们全新的观看体验。记者通过手机拍照，编辑短信，写出140字左右的短报道传给编导，编导审查通过后"推"到主持人的"pad"上，主持人通过"pad"控制大屏幕，"pad"上可供选择的新闻很多，主持人可以自主选择哪一条播报，哪一条不报，想讲的一"推"就可以了。"像刘翔亚运会冲线的时候，那边刚冲了线，30秒后，这边就已经报上了，用的就是这个技术。这种技术不需要U盘，不需要手工转码等，改变了电视台节目的播出形式，主持人也可以自己主导，不再被动播报了。"孙淼说。

在演播室外，"天脉聚源"的产品也大展身手。由"天脉聚源"所研发的签名系统在一些时尚大典上已被灵活应用：嘉宾只要在签名台上签上名字，签名就被迅速传输到大屏幕上，嘉宾可以直接跟自己的签名合影。

还有在企业的运用。比如他们设计的私有云体系，可以把客户的所有资料放在一个机房中，无论你身在何处，只要通过软件都能够把素材找到。"有了私有云后，不再需要助理去帮你查找资料，自己在会议室中，通过笔记本就可以轻松地调来任何一个数据，直接展示到会议中。"孙淼说。

如今，"天脉聚源"每年的销售额平均增长达到300%多，国内还没有企业跟"天脉聚源"做同样的事情，但他们自己并没有松劲儿，"我们自己一直在跟自己较劲儿，看看软件能不能变得更快、更强、更符合客户的需求。"孙淼说。

李 馨 崔 丽

（原载《中国青年报》2012年4月5日第3版）

新奥特：中国数字技术领航者

新奥特（北京）视频技术有限公司，坐落于北京市海淀区五棵松路49号的新奥特科技大厦，公司成立超过20年，创造了好几个"中国第一"。

走进公司大厅，琳琅满目的宣传展板映入眼帘：北京硅谷电脑城、数字传媒大厦、北京新媒体创意中心、中央新影视动漫城、中关村企业家天使投资联盟发起设立会员单位……

"新奥特"创建于1990年，当时，从中国科学院电子学研究所毕业的总裁郑福双，做过技术，干过销售后，便萌生了自己创办公司的想法。

"当时是既没有人，也没有钱，好在那时候的条件比较适合公司成长。"副总裁孙季川说。

大学本科、研究生都是郑福双学弟的孙季川，1992年研究生毕业后加入了"新奥特"，与郑福双一起干事业，"我很喜欢图形、图像的东西，这里是一个适合做事情的地方，于是就加入了'新奥特'。"孙季川说。

"新奥特"是做字幕机起家的。1994年，"新奥特"推出了国内第一台基于Windows平台的NC8000字幕机。字幕机的更新速度很快，基本上每3年就更新一代，然而由于NC8000优越的性能，在行业里面很有知名度，直到现在还有人去使用它。

目前各个电视媒体都力求在最短的时间内，将有视觉冲击力和自己频道特色的电视节目发布出去，以往的字幕机，已经不能满足一些电视台对图文制作的要求了，这时，新奥特视频公司自主研发的在线图文包装系统Mariana.5D面世了。

在线图文包装系统的作用很大，除了在直播时通过字幕和图形告诉观众信息以外，还能够包装节目，让节目变得更加好看、耐看。

"在线图文包装系统这方面，我们公司在设备和技术上，是公认的第一。在国内的市场上，我们跟国外的产品有很强的竞争力，在技术上我们基本持平，但是相比它们，我们的性价比更高，服务也更好一些。"孙季川说。

"新奥特"除了自主研发了许多"中国第一"之外，大型体育赛事的转播服务更是独一无二。

1995年在天津举办的世界乒乓球锦标赛上，"新奥特"表现优异，产品质量很好，展现的效果可以跟外国相媲美，受到一致好评。"从那之后就没断过，足球联赛、排球联赛……只要有大型运动会，都会找我们参与，早些时候是合作，后来都是独家了。"孙季川说。

新北京，新奥运，"新奥特"。一直踏踏实实前进着的"新奥特"等来了2008年北京奥运会，通过这次奥运会，"新奥特"收获颇多。

2008年奥运会时，电视和现场上的字幕都是英文，欧洲的一家公司承包了电视字幕，国内的电视台在播出的时候，通过"新奥特"等其他公司的设备再叠中文上去，通过电视机收看的观众就能看懂比赛了。为了让8岁到60岁的中国人都能看懂现场字幕，"新奥特"派出160人的团队，在约30个场馆里，做了现场中文信息显示系统，这在奥运史上是头一遭——主办国现场将英语转成自己国家的语言。"现场的比赛成绩、当天的比赛预告、现场官员信息，我们都现场呈现了。好多国家的名字都是缩写，如果没有变成中文字幕的话，光靠现场的中文广播，观看的效果会大打折扣。"孙季川说。作为奥运会的技术提供商，"新奥特"获得了科技创新一等奖。

在国内影响力巨大的"新奥特"，在2011年东南亚运动会上真正迈出了国门。在这届运动会上，"新奥特"积极参与了多项工作，现场成绩录入、分发、管理和上传系统都有他们的身影。"这次服务的成效很大，不仅锻炼了我们的能力，也让其他国家知道了'新奥特'公司，几年以后在缅甸，在南美洲，我们也敢做类似的东西，敢去竞争了，技术交流上也没有问题。"孙季川说。

市场风雨，大浪淘沙。当初的不少企业都已销声匿迹，经过多年，"新奥特"不仅生存下来，而且发展愈来愈快。"一个公司要想成功，就不能十几年只做一件事情，不能没有创新精神、学习精神，总是习惯于做自己熟悉的事，不去想怎么把东西做新，做得更好，是不行的。"孙季川说。

李 馨　吴晓东
（原载《中国青年报》2012年4月5日第3版）

为中国制药业开辟一条道路

　　故事的开篇是在2006年，在遥远的太平洋西岸的密歇根大学的中国校友会上，黎志良碰见了高峰。那个时候，像所有漂游在国外的学子一样，黎志良还有些迷茫，他仅仅知道自己想在医药方面做点事，但是到底要做什么依然没有一个清晰的轮廓。

　　黎志良说，当时国内根本没有生物制药的技术支持，也没有外包业务的生产模式，生物制药对于2006年的中国来说还是一个奢侈品，抗体药在中国也特别少，大部分都是从国外引进。"无知者无畏。"黎志良告诉记者，那个时候年轻的勇气和简单思维让他大胆迈出了第一步——回国创业，而且最为幸运的是，他还找到了一个志同道合的兄弟高峰。

　　"就算不成功，起码也为中国制药业开辟一条道路"。奥达国际生物技术有限公司在两个人的手中从梦想变成了现实。性格沉稳的黎志良是公司的总裁，主管管理；而秉性直率的高峰成为副总，主管运营。

　　在制药及生物技术行业，随着全球新药研发速度放缓、成本压力提高、专利药即将到期等现实问题的出现，大型制药公司加大了对工艺开发、临床用药物生产、上市药物生产的外包力度，一个为医药研发活动提供智力策划、技术支持和成果转化服务的新兴产业，正在悄然崛起，奥达就是其中的一员。

公司有了，生产方向也有了，然而技术主管始终空缺。奥达开始在世界范围内寻找合适的技术人才加盟，孙雷就这样出现在他们的视野中。孙雷在美国生活学习工作了20多年，有两个可爱的孩子，有一个幸福的家庭。美国的一切对于他来说已经都是顺理成章的舒适。"我觉得那样的生活对我来说没有什么挑战了，我是一个喜欢挑战的人。"最终，他放弃美国的一切资源走进一个全然陌生的环境，成为奥达的生产总裁。

不是所有的人都能够走到一起，更不是所有的人都能一起走得长久。"刚开始的时候我们也还真定了一个规矩，说意见不统一的时候就举手，少数服从多数，但好像却从来没这样做过。"高峰笑嘻嘻地说。

两年前有一个订单让三个人纠结了一次。"那是一个小订单，也就四五十万，我们当时就在纠结是接还是不接，是和大订单一起做，还是先做小订单再做大订单，还是要怎样。当时真的很矛盾。"高峰说。

"你别看这是一个小订单，接下来这一个，就可能会有很多个，而且如果接了，四五十万的利润就放在面前，这确实是一个挺大的诱惑。"黎志良说，"不过，我们当时也真是没那么多钱来同时兼顾，我们公司是做横向发展的，但这个订单是做纵向的研发，所以最后还是没做。"其实那段时间公司的运营并不好，资金周转差点就出现了困难。幸好，他们随后就接到了一个上千万元的大单子。

"更为重要的是，我们跳出了一种危险的经营方式，现在也有很多公司在做这样的业务，但他们的利润空间会一直在被挤压，现在回过头来，我们依然是不后悔的。"高峰说。

这两年公司运营越来越好，每每有媒体前来采访黎志良，他总是说，"我希望你们采访我的创业团队，没有他们就没有今天的成功。"

很多人都梦想在中关村站起来，也有很多人仰望奥达这一创业的标杆，有很多人羡慕一生能有这样志同道合的兄弟一起为了梦想奋斗，也有很多人和黎志良、高峰、孙雷一样走在奋斗的路上。黎志良说："这是一个离了谁都不能继续运行的公司。"

桂 杰 唐 琴

（原载《中国青年报》2012年4月6日第3版）

"学先进，傍大款，走正道"的拉卡拉

2004年年底，在国内高科技行业和天使投资领域都有"大佬"般地位的雷军给孙陶然的第六次创业投了50万美元，但这位小米手机的创始人说，孙陶然的拉卡拉，是他唯一一个没搞明白价值所在就往里面投钱的项目。

"孙陶然做什么都能成。"对雷军而言，投给孙陶然符合他的投资理念，因为他在天使投资方面绝大多数时候只投给自己信任的熟人。

对孙陶然，雷军甚至说过："他无论做什么我都投。"

积累起如此高的信誉，当然与孙陶然的创业经历与成就有关。这个生于上世纪60年代末的不安分的长春人，1991年从北京大学毕业后，从分配的吉林某企业停薪留职重回北京，进了四达集团所属的广告公司，在半年内升至常务副总，三年后出任这家广告公司的总经理。

1996年，孙陶然又合伙投资蓝色光标公关顾问公司。蓝色光标目前已发展成为中国第一大市场营销服务集团，2010年成为第一家在A股上市的品牌顾问公司。

1998年，孙陶然出任恒基伟业常务副总裁，他主导的"商务通"掌上电脑营销案例被多家商学院列入营销案例，"呼机手机商务通，一个都不能少"的广告词更是家喻户晓。

加上其间穿插的办刊物、做电子词典，短短十年间，孙陶然已经有了五次创业经历，且每次都战绩不俗。

拉卡拉是他的第六次创业。2005年1月，拉卡拉公司以200万美元投资启动，其中孙陶然、雷军各50万美元，君联资本（原联想投资）100万美元。

为什么会有拉卡拉？孙陶然说，这源于一次闲聊。一次，他跟君联资本董事总经理朱立南和雷军聊天时，说到1996到2006年是电信增值服务提供商的黄金十年，雷军提出来，从2006年开始会不会有一个金融服务提供商的黄金十年？在2004年，他们已经看到了2006年时国家会有金融行业开放政策，这一开放势必会带动金融增值服务业的开放，让各种新兴支付服务应运而生。

听者有意，孙陶然把目光投放到了金融行业上，他发现，在个人金融事务越来越多的时候，每个人都面对两大烦恼：一是在银行排大队，无论到哪个银行，都有很多人排队，耗时耗精力；二是电子支付越来越多，支付程序却特别繁琐。"我想到，用电子账单平台和智能POS机就能满足用户的这两大金融需求，为什么不从金融支付这方面创业呢？"

但一开始，雷军并没搞明白拉卡拉的价值所在，在他看来，网上银行、手机支付等线上支付手段已经足够便利了，为何还要在线下支付上作出努力呢，这不是反其道而行之吗？

但事实证明，在线上支付大行其道的今天，线下支付也有广阔天地。拉卡拉先是进入便利店和超市，然后逐步扩散，使用人数持续看涨，公司业务也由此发展起来。

目前，拉卡拉已经与中国银联及50多家银行建立了战略伙伴关系，建立了中国最大的线下支付平台，用户在拉卡拉的平台上感受到的是跨行还款无障碍、支付需求全满足的良好体验。

数据显示，截至目前，拉卡拉在全国300多个城市投资了超过5万台自助终端，每月为超过1500万人提供信用卡还款、水电煤气缴费等公共缴费服务。到今天，拉卡拉已成长为中国最大的线下支付公司，并在2011年第一批获得中国人民银行颁发的"支付业务许可证"。

有意思的是，小米公司创办后，拉卡拉也在小米公司安装了一台，雷军觉得自己周围的人都是技术高手，全都会用网上银行，装个拉卡拉也只是个摆设。但结果出乎他的意料，员工们经常用这台拉卡拉自助终端刷卡。

线下支付为什么也会有市场，在孙陶然看来，他为用户创造的最大的价值就是简单和便利，"有了拉卡拉，支付只要刷一下"，这是最流畅的一种支付体验，"最好的支付方式是让用户体会不到障碍，很习惯很流畅就完成了"。

安装在便利店等公共场所的拉卡拉成功后，从2010年开始，拉卡拉又推出了一系列个人刷卡终端，包括拉卡拉家用型刷卡机、拉卡拉电脑刷卡器、手机拉卡拉等。孙陶然说，由于看到了市场前景的远大，从今年开始又进入了一轮新的投入，公司员工也会由去年10月的1000人扩充到今年年底的3000人，他相信未来三年拉卡拉的业务能够翻好几番。

六次创业经历也让孙陶然遍尝创业的酸甜苦辣，2011年12月，他写了一本书叫《创业36条军规》的书，将自己过去20多年的创业历程一一复盘，总结创业过程中的成败得失。

孙陶然说，在他看来，创业36条军规归根结底就是一条："学先进，傍大款，走正道"。

他说，拉卡拉就是这样创办起来的，所谓走正道，一是要合法合规合理经营，满足消费者的需要，二是要做对的事情；所谓学先进，就是要向同行学习先进经验；所谓傍大款，就是要跟行业内占主导地位的公司合作。"拉卡拉为消费者带来便利，向先进同行学习经验，跟银联合作，成为联想控股的核心资产，所以，从创业伊始，我就相信拉卡拉会是一次成功的创业。"

叶铁桥
（原载《中国青年报》2012年4月12日第3版）

中关村精神

探寻中关村精神和文化脉络，聚焦中关村精神和文化的积淀与传承

从陈春先1980年创办第一家公司开始，作为高科技代言的中关村已经走过了30多年历程。

这30多年里，它一直被寄予着探索中国特色自主创新道路的厚望，肩负着把"中国制造"变成"中国创造"的使命。伴随着计算机和互联网的普及，中关村的名字和形象早已深入人心。这里发生的传奇，这里孵化的企业，这里开发的产品，这里造就的英雄，许多被大众所熟知并津津乐道。

这些辉煌与荣耀的背后，值得追思的是中关村精神和文化脉络，让我们一起聚焦中关村精神和文化的积淀与传承。

中国"硅谷"将孵化更多知识英雄

中关村要建国际人才战略高地

夏颖奇至今仍清晰地记得李彦宏当年创业时的情景，"在北大资源楼一个小房间里，三五个人，跟现在刚刚创业的企业没什么两样，弄不好就撑不下去了。"

十年奋斗，李彦宏创造了一个财富神话：《福布斯》杂志美国东部时间3月9日晚公布的"2011年全球亿万富豪排行榜"显示，百度创始人李彦宏成为内地首富，作为来自科技行业的上榜富豪，李彦宏的排名高于身家83亿美元的苹果掌门人乔布斯以及身家70亿美元的谷歌公司董事会主席埃里克·施密特。

邓中翰的星光系列芯片、张朝阳的搜狐、严望佳的网络安全、韩庚辰的种子公司……在中关村，一家家创业企业从弱到强倔强生长，上演了一幕幕传奇。

从20年前的电子一条街到如今的首个国家自主创新示范区，中关村经常被比作中国的"硅谷"，今年两会上获准通过的国家"十二五"规

划纲要更是明确提出："把北京中关村逐步建设成为具有全球影响力的
科技创新中心。"

中关村要赢得国际地位，高素质的人才必不可少。而对于聚拢人
才，中关村有经验，也有信心。

接待留学生数以万计的中关村管委会原副主任夏颖奇激情澎湃，
"中国版的比尔·盖茨初现雏形，中国'硅谷'已经上路"。

"生死攸关"的人才观

"这些人不是坐火车来的，也不是坐汽车来的，他们都是坐飞机来的"

这似乎是一个悖论：中关村里缺人才？

众所周知，中关村内人才遍地，这里有两座中国的最高学府、40
多所大学、数以万计的教授，每年培养出大批高质量毕业生；这里有中
国科技的火车头，中国科学院、中国工程院身处其间，研究院所数不胜
数，全国十分之一的院士在这里安家，"单就这点来说，中国不可能复
制出第二个中关村"。

"但同时中关村依然很缺乏人才，"夏颖奇语出惊人，"缺乏那些真
正了解国外最新的、最前沿的技术的人。"

这背后是一个国家自主创新试验区的"人才观"：作为中国高科技
企业的摇篮，中关村要赶超世界先进的科学技术水平，一定要大批地吸
引留学生特别是高端领军人才回来加盟本土的创新创业队伍。他们既有

国外科技前沿的实践经验，又有对市场经济和现代管理的深刻理解；既有自主知识产权和专利技术，又与国外专家和公司有广泛联系。

"这些人不是坐火车来的，也不是坐汽车来的，他们都是坐飞机来的，他们的创业，将影响世界产业的格局。"夏颖奇对此有一个形象的解读。

在夏颖奇看来，中关村30年里实践并验证了两个科学论断：一个是"科学技术是第一生产力"，一个是"人才资源是第一资源"。

多年前有记者问："人才到底有多重要？"夏颖奇时为中关村管委会主管人才工作的副主任，他来不及思索脱口而出四个字："生死攸关。"

直到今天，他依然认为，这样的评价恰如其分。

有个真实的故事一直在中关村流传。

几年前，硅谷风险投资大师、甲骨文公司的创始人卢卡斯来到中关村。当27岁的刘昊原用地道的英语详细回答了他关于计算机数据无线加密传输技术的考问后，卢卡斯在当晚北京市政府的招待宴会上如是感慨："在Henry（刘昊原）的身上，我看到了25年前自己在硅谷创办甲骨文公司时的影子。我的第一个念头，就是让他成为我的公司职员，退一步可以成为我的合作伙伴，最不愿意看到的，是他成为我们的竞争对手。"

"这说明中关村的人才质量，已经吸引世界级科技大师的关注。"中关村管委会留学人员创业服务总部主任颜梅说。

把"桥头堡"建到海外去

住在加州山上看风景的华人成了中关村里的知名企业家

在中关村,一段与留学生有关的故事被不断讲述。

1999年国务院批复中关村成立科技园区。当年的中秋节,市领导提出要在翠宫饭店和回国创业的留学生赏月,管委会一群人跑得满头大汗找来了18人。次年,哗啦啦来了200人。第三年,宴会厅挪了个位置,因为实在容纳不了600名留学生。

令人瞩目的几何增长背后,很少有人意识到彼时的尴尬——批复之初,在中关村创业的留学生不过几百人,企业几十家,唯一一家留创园入驻率只有30%。国内对海外留学生回国创业还没有形成体系,在整个留创园,服务,尤其是政策和资金的支持力度全是空白。

1999年11月,夏颖奇和北京市的领导一起出访中国留学生大量聚集的加拿大、美国。一路上这群中国的官员没去过一家商店一个旅游景点,昼夜不停地和当地留学生团体、优秀个人沟通,询问哪些人肯回去,希望国内给他们提供哪些条件,做什么样的服务。

一项决策随之诞生:把聚集人才的"桥头堡"建到海外去。

硅谷、华盛顿、加拿大的多伦多、日本的东京和英国伦敦,国外陆续建起了五个中关村海外联络处,这在当时中国风起云涌的科技园区建设中绝无仅有。

新世纪越来越激烈的国际人才争夺战中,联络处的"星探"们四处出击，夏颖奇访贤的故事则鲜为人知。

2003年的秋天，夏颖奇到美国揽才，联络处推荐了搞IT技术的傅登原。"9·11"之后，行业不景气，傅登原把公司卖了5亿美元，然后在加州买了个山头，建起大房子，一个人住在山上。

满山的草木中酝酿着异国的情调，伴着香槟美酒，夏颖奇侃侃而谈，中国的机会、中关村的优势渐渐让这个原本只想在山上看风景的业界大腕儿动了心。

3个月后，夏颖奇接到傅登原电话，"老夏呀，我回来了。"

后来有媒体对傅登原带着巨额的现金和超强的管理研发团队回到中关村的故事给予了这样的评价：对于中关村的留学生事业而言，傅登原的加盟形成了一个波峰，在中国留学生创业史上掀开了崭新的一页。

十年后的今天，在中关村创新创业和从事科学研究的海归人才已超过1.5万名，海归人才累计创办企业5000余家。

"人才特区"在崛起

"一个人回来了，聚集了一个团队，一个新的高科技产业就诞生了"

2004年，在日本三菱做研发主任的宣奇武回到国内组建公司，三菱的设计师来了，在韩国大宇、现代工作多年的同行来了，很快一个国际化的团队聚集起来了。短短几年时间，宣奇武领导的这家汽车设计和工程公司帮助中国主流自主品牌企业开发了包括整车、发动机在内的若干产品，国内的汽车设计市场开始跨入国际视野。

中关村管委会留学人员创业服务总部主任颜梅这样总结"宣奇武道路"："一个人回来了，聚集了一个团队，一个新的高科技产业就诞生了。"

王晓东的故事同样经典。

2003年年初，年仅40岁的王晓东已是美国德州大学终身教授、霍华德·休斯研究所研究员。一次偶然的机会，他看到北京生命科学研究所在全球招聘顶尖科学家的启事，招聘条件很有吸引力——5年合同期内，所长和实验室主任的科研和用人不受任何行政干预和考核干扰；生命所不需要通过项目申报获取经费……

随后，当选美国国家科学院院士的王晓东奔着理想而来："我们就是要建一个世界上最好的研究所。"

依托所长王晓东在国际生物领域的影响力和号召力，几年时间，24个全部由海归科学家领衔的实验室相继成立，具有国际影响的成果不断涌现，这块国内科研领域的试验田开始展现出世界一流研究所的姿态。

聚集人才重在培育"土壤"。

中关村把服务瞄准海归创业的每一道坎，探索实施"孵化+创投"的运营服务模式，直接为在孵企业投资或向投资机构推荐、引入创业投资，全国40%的风险投资聚集在这里，"只要你有想法不怕没有资金"。

特殊的人才政策和机制在这里试点：中关村国家自主创新示范区科技重大专项资金列支间接费用管理办法，在经费管理方面实现突破和创新，已经批准82家试点单位及其承担的101个国家及北京市科技重大项目开展试点。

数据显示，中关村企业迄今有42名人才入选中央"千人计划"，69名人才入选"北京海外人才聚集工程"，一大批领军型企业家和创新人才在中关村脱颖而出。

"要初步形成一个具有全球影响力的人才战略高地"，中关村科技园区管委会主任郭洪透露了国家级人才特区战略的"两步走"：第一步是2011年到2012年，聚集包括"海归"人才在内的3万名左右高层次人才，初步形成机制新、活力大、成果显著的政策体系；第二阶段是2013年到2015年，聚集包括"海归"人才在内的5万名左右高层次人才，自主创新能力、产业竞争力全面提升，初步建成具有全球影响力的中国特色人才特区。

雷 宇 刘 涓
（原载《中国青年报》2011年3月15日第11版）

海归需要什么样的机制怎样的环境能让他们安心中国

新一轮海归潮呼唤"人才认识革命"

最近在美国硅谷的一次宣讲会，被中关村管委会留学人员创业服务总部主任颜梅津津乐道。

中关村管委会副主任周云帆率队远赴东京、多伦多等多地进行政策宣讲，对接海归。在美国硅谷的宣讲会，一下子来了近百人。出人意料的是，这些出国人员都已经多次回国考察了，对中关村都相当了解，对创新项目、开办公司的过程考虑得已经非常成熟。

新一轮海归热潮正在涌动，而"回归本土，中国机会"，已成为这一轮归国潮中的两个关键词。

教育部一组最新的统计数字显示：2009年全年留学回国人数10.8万人，同比增长56.2%，"近几年，我国留学归国人数几乎每三年翻一番"。

新一轮海归潮来临，我们准备好了吗？海归们需要什么样的机制、怎样的环境能让他们安心在中国发展？

"课题经费管理防贼甚于选优"

北京生命科学研究所所长王晓东博士一直在"贩卖"一个观点——吸引海归的关键是如何区分筛选真正需要的人才，付出与之匹配的国际市场的价格和后续发展的价格。

让这位美国科学院最年轻的院士感到遗憾的是，几年过去了，"42号的脚还是穿着37号的鞋"。

在美国求学任教20载，王晓东博士对于科学研究关键一环——国内的课题经费管理体制难以理解：目前的国内科研经费都是按项目发下来的，项目的审核细致到每个实验里需要用几瓶试剂，并且明确要求"打酱油的钱不能去买盐"。

由此出现的一个怪现状是：有的科研院所账上的钱上亿元，但就是没钱发工资、聘助手。

事实上，科学有其自身的规律，很多因素难以预见，事先的各种设想最后都会出现偏离，而什么都管得死死的，一个再优秀的科学家浑身是力也使不出。

一位在美国求学任教多年的教授介绍，回国后自己的实验室水电费每年就要30万元，按照目前国内高校规定，学校不仅不会出这个钱，而且还要对实验室收费。但是申请国家项目基金中也没有这一项内容，科研人员只好花去大量精力，想办法在每个课题经费中找空间，还不得不考虑到处申请课题的可能性——"不出去申请课题，明年在哪里办公？"

有意思的是，一些填进表格明显超支的预算，学校明明一眼就能看穿也会理解和默许这一做法，"这在国外多么荒谬，但就真实地出现在我们面前，没有一个人愿意做那个指出皇帝没有穿衣服的小孩"。

同样让人感到不可思议的是课题经费下拨的延后性：年初的预算项目，该用钱时没钱，快到年末时钱终于来了，但规定必须在年末花完，否则就被收回去，有些教授为此不得不满街找发票。

王晓东认为，这样的经费管理模式无疑是为了"防贼的"，这是社会诚信丧失的代价，但是由此带来的恶果则是"优秀的人才和成果冒出来的几率少了很多"。

王晓东在国外大学每年的经费也有数百万元，但从没有遇到这样的问题，"科学家对于经费处理的自由度有限，但是毕竟有些自由度"。而且这并不意味着可以乱花钱，会计会一笔一笔地算账，而且还会有审计。

王晓东说，事实上，在美国的科研院所，一个普适的规则就是，"要留住最好的科学家，就要给他自由支配的钱"。

一位不愿透露姓名的海归人士指出，其中最关键的原因就是，"现在的科研管理经费，都是从官员的角度出发，缺乏科学家的参与，很多指标变成了数，方便了管理，却抹杀了科学的规律。"

"科研经费里要有给人的钱"

位于北京的中科院众多研究所，不少办公楼对面就是外企的研究院。优秀的研究人员从这扇门走向另一扇门，仅仅是几步之遥。

如何留住人才？

中科院党组副书记方新认为，需要从科研经费管理制度上反思，在英美等国的科研经费支出中，科研人工成本超过50%，而我国政府科研计划经费却不能用于人员的支出，这不利于科技人才的国际竞争，也难以形成有效的激励机制。

以当前科研院所青年科技人员面临的最大生活困难住房为例，方新看到，即使从国外引进的人才，给什么样的优惠待遇也赶不上房价的上涨，"安居才能乐业，没房住让他们怎么办？"

"人工成本偏低不是我国经费不足。""千人计划"入选者、中科院陈杰研究员介绍，早在2006年，中国的科研经费甚至已经超过屡屡摘取诺贝尔奖的日本，近年来更是每年都在大幅增长。

但投入和产出比如何？陈杰认为，一些见诸报端的情况反映是不理想，从"钱学森之问"在社会上引起的强烈反响可见一斑，"这正说明钱没用到刀刃上"。

一大关键就是国内看重的是投向物而不是投向人。

陈杰以自己熟知的芯片研发举例，总体的投资是500万元，但国内可能不到5%，即不到25万元用在科技人员上，剩下的钱按规定买设备去了。陈杰凭经验估计，"在芯片设计相关的国家重大科研项目中，至少60%以上科研经费流入国外几家测试公司。"

陈杰注意到，这其中很多设备是重复投资。在国外，设备是国家财产。比如东京大学的设备，其他大学也可以用。我们国家设备很多成了一个单位的私有财产，一台上百万元的仪器，一个城市里可能每个学校都有，其实大部分时间是闲置，科研仪器有一个更新换代的周期，时间一长只会成为一堆破铜烂铁。

陈杰认为，由此带来的问题是，现有收入无法保证科研人员安心做学问，需要聘用的合适人才只能以廉价研究生劳动力替代，研究效果自然大打折扣。

"日本国立大学教授的年薪大约是100万到200万人民币，研究经费只有20多万人民币，但是从2004年至2009年，在应用基础科学领域的综合实力排名一直处于世界第一位，拥有几十位可能随时拿诺贝尔奖的科研人员。其中的奥秘不是日本人比中国人聪明，而是日本的教授可以安闲自在地从事自己所喜欢的科研工作，不受干扰长期潜心研究。这种科研氛围，不出一流的科研成果才算奇怪。"

"但在国内，一个教授不仅要为维持实验室的运营费用、人员工资、各种考评检查犯愁，而且自己的那点工资也不能保证一家人生活无忧。在这种情况下，即使国家投入更多的科研经费（大部分用于买设备和材料了），也很难出现一流的人才和一流的创新成果。"

"设备也需要，但关键还是人"。陈杰在日本做副教授时，一年工资是七八十万元人民币，科研经费只有15万元人民币，也做出了不少在国际上很好的成果。

而国内有些教授拿数百万元的经费，个人收入只有10万元左右，其他全部买设备了。

"在国外，一流的人才，即使使用二流、三流的设备，也能做出一流的成果；反过来，如果人才是二流、三流的，即使让他使用一流的设备，也很难取得一流的成果。国内本来就缺乏一流人才，如果让仅有的那些一流人才，整天为养活实验室的工作人员、为养家糊口分心，不能潜心从事科研工作，你能期待他出一流的成果吗？"陈杰对此充满疑虑。

一位业内专家则介绍，由此出现的怪圈就是，国家给教授的月工资是七八千元左右，社会上传出则是一些教授年年买套房。"863、973项目不让用在全资工作人员身上，一些人只好拼命地搞项目，而一旦在灰色地带长期行走，利益的诱惑自然让一些人走向歪门邪道，最终国家投入越多收获可能越少。"

雷 宇　　王 渊
（原载《中国青年报》2010年8月23日第6版）

软环境跟不上，海归就变成了海鸥或者不归
"比引进人才更重要的是维护人才"

海归戴静怡带着一双儿女告别老公回美国了。在机场，她的心一直突突跳。毕竟，这是他们结婚20年来第一次长期分别。曾经这两夫妻的底线是无论多苦多难都要厮守在一起，因为一旦牛郎织女，婚姻的质量和安全都无法保障了。

让戴女士下定决心回美国的是她还有两年上高中的儿子豆豆。

豆豆在美国出生，小学三年级时才跟着归国工作的父母回到上海。中国的教育模式让他们全家伤透脑筋。儿子个性的变化和老师的冷言冷语，更令这对夫妇忍无可忍。

不止豆豆，很多海归子女对中国的教育体系都相当不适应，特别是在国外出生的孩子。甚至有人称"中国现行教育是阻拦海归报效祖国的马奇诺防线"。

对于海外归鸿来说，能回来独挑一个项目的人，一般都在35岁以上，拖家带口，在海外发展得已经很不错了，要抛弃的东西非常多，家

庭是其中最重要一环。

"引进人才重要，维护人才更重要。"有专家指出，"吸引'海归'的物质支持不可少，精神支柱更加不可或缺，一个是支架，一个是灵魂。归国人员的家庭安置问题迫切需要得到解决。"

子女教育是海归心中最大的痛

在国外的时候，这些留学生觉得孩子太轻松太放纵，说要管教孩子赶紧回国；到了祖国，他们又受不了教师对孩子的过分严厉和教育体系的刻板。一位从温哥华回来的父亲说，他孩子上学的地方，为了不把操场上的草坪踩坏，老师不让孩子跑不让孩子跳，只可以在操场上慢慢走，对孩子来说太压抑了。

他们不仅经历了入学难入学贵，公办教育中教师的凶悍更让很多海归父母不能接受。

"现在的小学好可怕，一次我去给女儿送东西，站在学校的走廊里，几乎每个教室里都有骂声。"戴女士觉得，由于孩子的语文不太好，从小学至今，孩子们几乎得不到表扬，承受的压力太大了。老师动不动就说"你们班年级最差，就是你拖后腿。怎么那么笨。"老师太凶，所以孩子对整个大人群体都没好感。

哥伦比亚大学毕业的戴女士这几年发现，儿子由于自卑从不跟同学交往，回家后脸上没表情，父母跟他说话没反应，眼神直直的。客人来家，他连招呼都不打。

儿子与在美国的时候判若两人，曾经的钢琴小童星，同学中的小头目，是典型的优秀生。去年暑假戴女士陪孩子回美国办理房产转让的时候，儿子的眼睛都放光，话也变多了，不停地央求妈妈别回上海好不好。

戴女士明白，儿子糟糕的表现是在抗拒自己，抗拒回到国内的教育中。虽然现在美国经济很差，但为了儿子，戴女士还是决定离开，"工作差点不要紧，只要能供两个孩子生活就行了"。

从英国回来的周先生反问："语文数学成绩不好，难道就不得翻身了？"他的孩子在英国时是学校的灌篮高手，被很多女生爱慕和崇拜，但回来后因为学习成绩差语言结结巴巴，重点中学的同学都躲着他。

与海外留学人员打交道30年的中关村前副主任夏颖奇说，子女教育问题，超越了多次出入境、办签证、外汇划进划出、买一个免税汽车、创业园的各种补贴等问题。如果子女教育耽误了，扔在国外没人管，带回国内又跟不上，将来国内考不上大学，国外也上不了学，他就不是一个成功的人。"即使成了亿万富翁，他也不幸福"。

夏颖奇与一位科学家曾经开过一个玩笑："你回来可能办出一个上市公司，但你孩子中学念得一塌糊涂，大学上不了，中途说不定还学坏，你愿意回来吗？"对方的回答斩钉截铁："我不会做这样的交换。"

"人在中国，家在硅谷"的海鸥族

一位海归人才的离去让北京生命科学研究所所长王晓东遗憾至今。

几年前，一位海外优秀的干细胞科学家，听说了北京生命所特有的机制，想要回来。接洽之后，双方都很满意。

然而，这位科学家到所时间不长，还在国外的太太提出如果再不回到身边就要自杀，只好抱憾离开，"毕竟，回国是一家人的问题"。

事实上，在海归回国的障碍中，除了子女教育，也有配偶的因素：愿不愿意换工作、愿不愿意搬家、是否支持另一半换工作等等。

不少人选择了以牺牲家庭团聚为代价。老婆孩子常住国外，一个人国内外来回跑。回到国内，房子就像旅店，只是个晚上睡觉的地方；午餐晚餐往往都是盒饭解决。人大部分时间都在办公室，忙完这边的事情再飞走。

有"硅谷三剑客"之称的邓峰和两位好友一手打造的公司Netscreen，在美国创造了40亿美元的并购神话。2005年，邓锋带着妻儿和在美国得到的"第一桶金"悄然回国，在北京清华科技园科技大厦这座刚刚落成的写字楼里做风险投资。

开始，邓峰的孩子被送到位于顺义区的国际学校上学，由于距离邓峰上班地太远，亲情交流困难，又转学到中关村四小，因为孩子难以适应国内教育模式，最终回到美国。

而今邓峰只能海鸥似的中国、美国两边跑。

"千人计划"入选者宋磊认为，现在大规模回来的海外留学人员刚好是这样一代人：上个世纪八九十年代以后出去，年龄在35岁到50岁之间，小孩正好在小学到高中阶段。

宋磊所在公司里30多位有海外留学经历的员工，大多数人的绝大多数时间在美国，而且没有一个人将自己入学年龄的孩子带到国内就读，太太也就留在了国外。

曾在美国贝尔实验室工作过十几年的宋磊也被家庭羁绊，现在北京、硅谷两边跑，也经常移动办公，在加州的家中只好从晚上7点工作到第二天三四点，那时正是中国的白天，因为他要与国内的同事一起同步研究、讨论技术问题。

宋磊认为，要使海归真正安心地回国，需要解决好配套措施，"时间和家庭是我目前考虑得最多的"。

像宋磊那样50%时间花在国内，剩下50%时间花在国外的人不在少数，时间如何分配，成了他们每天生活必须面对的问题。

一位归国人士惋惜地说，"一些老'海归'虽然自己回国了，但家还没有完全回来，老婆孩子都在国外，形单影只的孤独导致他们面对困难和挫折时更容易打退堂鼓。"

事实上，几年来，他也目睹了身边的朋友，有的中途打了退堂鼓，有的因为长期两地分居最终离婚。

因为家庭等原因不能全职回来，也必将影响人才引进效果。

"千人计划"入选者罗永章教授以科研举例，实验室的工作是要连续的，科研经费也该是连续的。实验室良好的风气没形成起来的时候，老板常常不在，是个空中飞人，那这个实验室的士气一定不旺盛，这个团队也就带不起来。

软环境跟不上，海归就会不归或者归海

其实，还在国内坚守的海归对那些离开的人充满了同情。来了四五年，刚刚搭建了一个课题组就跑了，对单位对本人的损失都很大。中科院的严老师说："不到迫不得已，谁也不会拆烂污，然后拍屁股跑了。"

而一些海归心走了比人走了更可怕。中科院一位姓汪的老师指出，做科研做到最顶尖，必须心无旁骛，就像刘翔在最后冲刺的时候，脑子里有一点杂念都不行。

但不可否认的是，有人就是离开了。网上一位出走的海归这样发问："我那么爱祖国，可祖国爱我吗？"

美国肯塔基大学的老师一到寒暑假就往回跑，虽然在国外有教职，但内心不安定，干不了事业。可回来也只能去个三流大学上上小学期，像个中学教师差不多。他说："'海鸥'再怎么不好，但家庭稳定，我孩子的教育可以保证。"

一位姓郑的老师说，我们回国其实没有什么大道理可讲，一是可以和父母团聚，享受天伦之乐。二是十多年在美国，现在忽然能用母语表

达，感觉太好了。我们可以在食堂吃着晚饭就把想法谈了，有什么创意，马上可以轻松准确地告诉学生。在国外我们说英语是劣势，回到国内就成了优势。"其实，说实在话，在国外，华裔还是有玻璃天花板的，也没哪里像中国这样渴求创新渴求成果，那么舍得在科研技术上花钱。"

几位海归告诉记者，无论是"千人计划"还是"百人计划"，引进人来国家都要投入很大的资本、资源。个人的投入也很大，大家都是40多岁的人了，想的就是回馈祖国，毕竟这些年他们比一般人多读书多研究新技术多走了些地方。引进时，国家开出了那么高的条件，如果不尽心维护，人才不流失也会变成废才。人才进来了，给他一个平台你就不管其他了，很容易变成狗熊掰棒子。维护人才其实就是维护他的家庭稳定性。

"中国的人才到底是多还是少？"严老师问，"认真一盘点，一个领域内你怎么算，真正有水平的就那么几个。在科技领域里，三个臭皮匠可顶不了一个诸葛亮。"

雷 宇　王 渊

（原载《中国青年报》2010年8月23日第6版）

一个海归潮时代科技园的典型样本

可以复制的中关村

5年前俞振华回国考察准备创业时，国内一些科技园区的政策曾让他怦然心动。

在江苏扬州，当地承诺给土地、建厂房，投资8000万元，而中部某省更是展现出殷殷之情，划拨地块，建好生产线，奖励个人500万元，甚至免费奉送一座矿山。

但俞振华最终选择了只给100万元安家费的中关村，创办了而今在蓄能电池产业知名的北京普能世纪科技有限公司，"因为这里有人才，有环境"。

数据显示，有42名中关村海归人才入选中央"千人计划"，其中创业类人才38名，占全国总数的19%，位居全国第一。69名中关村人才被认定为北京海外高层次人才，占北京市总数的78.4%。

作为这个海归潮时代国内科技园区的典型样本，中关村的探索同样弥足珍贵。

生命科学所里的实验

"技术服务中心主任到海外招聘，和实验室主任享受年薪30万元的同等待遇？！"当几年前北京生命科学研究所的招聘计划中出现这样的信息时，国内一位科技政策研究专家发出充满疑惑的惊叹。

在传统的科研院所，技术服务中心工作人员常常被作为科学家实验开始时的搬运工和结束后的收捡者。

这群海归科学家们则用成功的实践传播着一个全新理念：技术中心不但能够提供最新技术帮助和交叉研究的平台，而且能够为研究人员提供共享的大型仪器及有关技术的最新方法和信息，大大扩展了他们科学研究的视角和触角。

科学家邵峰在实验室进行病原菌相互作用研究时，发现一种酶与常规分子特性有很大不同，一时百思不得其解，技术中心人员应用质谱测验，发现这种酶与常规酶分子的作用部位不同，从而在世界上第一个发现了一种全新分子酶。

这一成果随后发表在《科学》杂志上，而科学家和技术服务人员的完美结合则传诵一时。

更加能够刺激中国科研神经的是，这一举措打破了当前国内众多科研单位单个实验室自行调研、采购、使用实验仪器的壁垒，统一采购，最大限度地使一个平台为多个实验室联合使用，"我们的多数仪器甚至排满了休息日，没有放坏的，只有用坏的"。

这一壁垒一直备受诟病——国内大部分科研经费流入外国仪器设备生产公司口袋，而同一城市甚至同一高校里，上百万元一台的同一种大型科研仪器重复购买，大量闲置。

北京生命科学所正在成为国内科技体制改革的样本。

没有平常的很多评奖和汇报，研究室主任不用自己花时间去找经费，科学家可以在这里埋头做事。

王晓东前不久和一位年轻的科学家聊天发现，这位科学家到所5年里，除去春节放假，只有7天不在实验室，这还包括出国交流的时间。

而收获则是这位刚30岁出头的科学家前不久被邀请在一次重要的国际学术会议上作专题报告。

这样的殊荣被认为是当前中国追赶世界科研前沿的注脚与见证。而这样的成果数量在这个只有5岁所龄的科研所里正不断攀升。

2005年建所时，生命所发表在国际顶级学术刊物上的论文仅有两篇，2009年激增到33篇，并开始出版专著。生命所不久前被美国一评估机构评为"全球最具科研实力的机构"之一。

涵盖了国际生命科学领域权威专家的学术指导委员们则评价，"建立北京生命科学研究所是中国政府的'超值回报'。"

破题高端融资难

"千人计划"入选者陈杰创办的公司，现在每月需要上千万流动资金，但是目前正常情况只能从银行贷款100万元，只好引进代理商，每年眼睁睁看着三分之一的利润就流进了代理商的口袋。

陈杰说，因为资金不足，大大延长了公司的积累期，同时公司的研发只能以串行的方式来做，国外的则是齐头并进，眼看与国外相比的优势一步步被追赶上来只有干着急，"如果能充裕保证生产需要的流动资金，发展速度至少能提前一年。"

事实上，早在2006年时，陈杰的公司产品还没上市，销售额为零，却通过海外融资400万美元，只占了8%的股份，这就意味着海外风投对公司的评估为5000万美元，"遗憾的是，这些在海外通行的专利、股票在国内的银行放贷认定评估中却是以零计算。"

在陈杰看来，海归创业的优势在于高新技术和人才优势，主要集中在信息技术、新能源和生物产业。

这类公司在起步阶段往往就需要大笔的流动资金，然而，按照目前银行贷款通行的规则，发放贷款只认房地产等有形资产，仅仅凭销售额度肯定也排不过传统钢筋水泥项目，"高科技企业最重要的是人才、专利，是无形的，但去银行，它根本不认可你这些东西。他们只认大楼，要进行抵押。"

"国内银行亟待对高科技企业的贷款进行改革。"陈杰为此支招：一是找专业人士来进行评估，或者是已经完成海外风投的，应该认可，不要仅仅是把有形资产来做抵押；二就是政府成立一些投资引导资金，对高科技企业进行入股。

陈杰的故事只是海归企业面临金融尴尬的一个缩影。

2008年10月，一个历史性机遇摆在已成立两年多的北京普能世纪科技有限公司面前：有机会收购加拿大上市公司VRBPowerSystem。这家企业拥有全球顶尖的技术研发，却恰好遇上金融危机。

正在公司董事长俞振华为寻求收购资金焦虑的时候，中关村通过评估认定普能前景可观，经多方沟通，愿意承担风险，最终完成了低价收购。

"很多海归都可能有这样的机遇，俞振华的成功则无疑是幸运和非制度化的个案。"一位熟悉俞振华经历的海归人士说。

陈杰们的思考与期待正在中关村变为现实。

中关村管委会副主任周云帆博士说："未来5到10年，会有几百个项目追赶世界的脚步。"

吸引人才更要维护环境，中关村和硅谷的差距在哪里？

"最大的差距在于世界一流的大学和产学研结合的机制，而不是钱。聚集在中国的钱已经很多了，全世界的风险投资都关注中关村。"在中关村管委会副主任周云帆看来，中关村是中国一流的大学，而硅谷是世界一流的大学。一流的大学能源源不断培养一流的人才，并且产生一流的科研成果。

在斯坦福大学，校长就曾经是一个创业的成功者。学校里几乎每个教授都有与自己相关的公司，真正实现科研与产业的无缝对接。

在周云帆看来，很多国家和地区都经历了这样一个过程：当国家实力不强时，很多人才不愿意回来；而当实力越来越强时，回来的人越来越多。比如台湾地区，上个世纪六七十年代出去一大批人，八九十年代一大批人回来，包括像台积电这种世界级企业，都是留学回来的人创立的。

这样的转折在中关村已经初现端倪。

周云帆对中国现阶段人才回流作出如下判断：智力资源正在加速回流，整体规模不断扩大。

数据显示，中国改革开放前30年，派到海外的留学人员只回来了50万人，其中2009年一年回国人数就超过10万人，相当于前30年的五分之一，"而且今年估计比去年还会多"。

迄今，中关村共有1.2万名海归人才累计创办了超过5000家高新技术企业，中关村留学人员创业服务体系累计接待来访的海归人才超过5万人次。

多年的经验让中关村总结出一条规律，三个因素将会决定是否留得住海归人才：第一是创业的环境和条件，占60％；第二是各种奖励政策，占20％；第三是服务、后勤保障，也占20％。

周云帆介绍，作为首个国家自主创新示范区，目前中关村通过实施缩短海归人才注册企业时间、奖励资助、享受在京落户和子女就学便利等政策，为留学人员归国创业提供支持，"在中关村特定的区域内，采用特殊的政策和特殊的机制全力服务包括海归人才在内的各种人才。"

"我们现在的工作重心之一是吸引、聚集和培养高层次人才，他们会引领中关村的企业走向世界级企业。"对于未来，周云帆信心百倍。

雷　宇　王　渊

（原载《中国青年报》2010年8月23日第6版）

唯科学家是瞻，更多的是唯科研评价体制是从
让更多的研发成果和专利石沉大海
"红娘"为啥撮合不了产学研

2011年2月21日，高科技人才正在沈阳工业大学科技园区内的工厂内紧张工作。沈阳市积极推动产学研合作模式，依托高校自主知识产权的科技力量为装备制造业搭建平台。

做成果转化中间人五年来，朱希铎已经听到类似的抱怨不下百遍了：一家研究所的负责人告诉他，他们研究所每年有200项新的科研专利诞生，目前已经累积了千余项专利。几年来，这些专利无一例外都成了"死专利"，放在库存里"已经快要发霉"。

五年前，朱希铎从一家公司老总的位置上退了下来，抱着对企业研发需求的热忱，来到北京民营科技实业家协会担任常务副会长，试图通过扮演红娘角色来磨合产学研各方的关系。

近日，他所分管的第109家中关村开放实验室落成。这100多家实验室在五年内已经与企业合作开展276项基础成果转移项目。在欣喜之余，朱希铎更多的是感慨：在转化率低的背后，是成果转化的主体——企业

和实验室之间既断裂式地合作，又推诿式地配合。

做生意的和搞研究的是一对冤家

此前与一家实验室的合作让北京伟嘉人生物技术有限公司董事长廖峰记忆犹新。对方研发药品的前端一直较为顺利，也都比较符合廖峰的预期，但关键时刻却掉了链子：药品注射到猪的身上"一点儿不管用"。

经检查发现，是药品的佐剂技术出了问题，"这已是产品研发的后端环节，也是决定药品能否用于生产的关键性一步。"廖峰看到对方实验室已经"不来电"了，便只能请一支工程化技术较高的团队出山"火"。与这家实验室的合作也就不欢而散。

事后廖峰反思：技术跟不上只是一方面，更为重要的是科研单位的惰性。"他们做完前端之后就没有欲望再往下做了。"他说，这样下来，"科研与成果转化成了两张皮。"

两张皮的局面并不能全都归咎于科研人员。清华大学智能技术与系统国家重点实验室主任马少平对中国青年报记者说，在一些横向课题上，科研人员也十分希望将自己的研究成果应用到实际当中，但是一些公司的要求却让他难以接受。

一次，一家公司找上他，"开口直接要产品"，马少平先是一怔，迟疑一下婉拒了这项合作。在他看来，科研人员好比是建筑设计师，更多地负责画出图纸，但公司直接要产品则意味着"不仅要交出图纸，还要把房子建出来"。马少平说，"建房子应该是公司的事情，我们要发挥自己所擅长的东西，干各自所干的事情，这样才能把事情做好。"

朱希铎每天要打交道的，就是这么一对互不待见的冤家。一方是做生意的，另一方是搞研究的，前者看不上后者只会写写文章却不懂市场运作，后者则瞧不起前者眼里只有利润却不问学术。这对冤家不愿让步的合作产物通常是个半成品，卡在了可上市成果产出的最后一步。

谁该往前走一步，谁要先走这一步，成了双方争执的焦点。这让朱希铎十分无奈，"产学研叫了这么久，之所以没有太大的进展就在于两边没人敢跃过这一步。"

唯科学家是瞻，更多的是唯科研评价体制是从

因为做的是农业生物技术，廖峰的合作对象更多的是与农业相关的研究院所和高校，让他印象最深的是：合作时实验室始终占上风，企业则更多的是跟着学术论文后面"瞎跑"。但就在一次疫苗实验的研发中，他发现最终出炉的成果和公司最初所描绘的南辕北辙。

后来，廖峰了解到，这次合作高校疫苗研发相应的论文获得了一项学术大奖，论文也正申请在《自然》杂志上发表。看到几十万元的经费打了水漂儿，廖峰不禁感慨，最终得到的是有利于研究人员发文章的东西。即便如马少平所说的图纸，"也有可能在实验室的掌控下画偏了"。

中科院高能所网络安全实验室主任刘宝旭说，受制于考评内容，不

少科研人员做科研的着眼点在发表科技论文和申请国家专利，并没有更多的积极性去和企业合作。

"科研院所很难在产学研中起到主导作用。"朱希铎说，在当下的科研体制下，唯科学家是瞻，更多的是唯科研评价体制是从，这样会让更多的研发成果和专利石沉大海。

企业给科学家出题用合同评判

朱希铎眼中的产学研无非这几大块：基础研究、核心技术研究、产品设计研究、样品、中试、试销、大规模制造、大规模销售以及服务。在他看来，基础研究是科研院所实验室要做的事情，甚至一些实验室已经走到了第四步，生产出样品，而企业则主要停留在最后三步。

五年来，朱希铎牵线成功的合作中，大多是拥有较多学术积累的实验室或是有较强研发水平的大型企业，"在最后几步中，谁能往前多走一步，更多地取决于实验室科技成果的积累，以及企业自身科研水平的成熟度。"但这两头毕竟都是少数，"两头小，结合多；中间大，结合少"成了产学研的现状。

朱希铎说，如今的开放实验室合作，与其说在一定程度上解决了主体缺位问题，不如说是进行了主体换位，"让企业给科学家出题"。

"经费是我自己出的，题是我自己立的，我来决定方向、目标、考核、进度、经费、匹配，包括人员的组织，都由我来做。"掌握主动权后的廖峰常常进行阶段性成果的评价，如果最后的成果没能达到最初的设想，等待一方的就是合同的制裁，而非论文的评价标准。

对实验室而言，这样的合作也并没有"吃亏"。马少平向记者透露，在与某家企业成立联合实验室之前，该实验室一年大概发表的国际论文是30篇左右，成立之后，这个联合实验室一年发表的论文数就超过了60篇，提高了一倍；另外，在国际核心刊物上，以前一年大约有一到两篇的高质量论文发表，现在又增加两倍，三年时间有十多篇论文，还额外申请到了26项专利。

"如果真能让两者之间形成良性的互动，还可以盘活动辄上千万元的资源。" 北京航空航天大学生物与医学工程学院院长樊瑜波对中国青年报记者说，重点高校的实验室仪器资源，通常每隔五年就有相应几千万元的资金投入进行更新。而这些昂贵的设备对企业，尤其是一些新兴的中小企业来说，有较大的需求空间，但又是他们自身的资金难以企及的。

邱晨辉

（原载《中国青年报》2012年2月1日第3版）

中关村有个企业家党校班

接到中关村企业家党校班脱产培训通知的那一刻，北京国智恒公司老总吕建光有些不情愿。这个党龄30多年的老党员，此前已有多次党校学习的经历。

然而，在听了相关政府部门领导权威解读国家及北京市的最新政策、到井冈山走朱毛挑粮小道、结识同在中关村创新创业的一大批企业家后，吕建光逢人便感叹："真解渴！"

和吕建光一样，上过培训班的企业家对中关村党校班纷纷叫好。

中关村管理委员会人才资源处处长李志磊说，2008年至今，中关村管委会已与北京市委组织部、市委党校共同举办了3期企业家党校培训班，每期持续一个半月，招收30多名学员，至今已培训100余名企业家。

许多企业家开始的时候怕影响工作不愿来，可结业时，不少人却反映没上够，一些企业家还给朋友牵上了报名的线。

吸引他们的是中关村企业家党校培训班独具特色、紧扣企业家所需的培训内容：结合企业发展实际的中国特色社会主义理论讲解，国家、北京市、中关村最新政策的权威解读，国情、市情的宏观分析，全球视野与中国传统文化的实用介绍，红色老区的重新走访，政企之间、企业之间的真诚对话。

说起创办中关村企业家党校培训班的缘由，不得不提中关村企业的特点。

中关村起源于上个世纪80年代初的"中关村电子一条街"，1988年变身北京市新技术产业开发实验园区，随后才发展成中关村科技园区。中关村的企业以民营企业、中小企业、研发型企业居多，这些企业的特点是比较散，公司更多专注于科研和销售，在规模、组织架构上存在问题。

2008年，中关村提出"创建国家自主创新示范区"的目标。如何帮助做强、做大一批具有全球影响力的领军型企业，成为中关村面临的突出问题。

当年3月，第一期中关村企业家党校培训班开课，中星微董事长邓中翰、新东方校长俞敏洪、华旗资讯总裁冯军、汉王科技总裁刘迎建等34位知名企业家成为第一批学员。

北京市委副秘书长李福祥在首期培训班动员会上指出：举办培训班的目的是培养企业家的历史使命感和社会责任感，"使中关村企业家在我国高新技术产业发展和建设创新型国家伟大实践中走出一条更加辉煌、新意无限的奋斗之路"。

如今，党校培训班已举办3期，成功实现了创办时的初衷。

提起中关村企业家党校培训班，国能生物发电集团（以下简称"国能"）董事长蒋大龙说，这是一个为企业家提供密切合作的平台。

去年上半年，国能分别和北大纵横管理咨询集团、北京普能世纪科技公司（以下简称"普能"）展开合作。正是中关村企业家党校班牵起了这段"姻缘"——两位合作公司的老总都是蒋大龙的党校班同学。国能和普能的合作金额更是高达两亿元。国能认购了普能35%的股份，成为其第一大股东，蒋大龙也成为普能的董事长兼法人。

这样的例子在企业家党校班学员中并不鲜见。学员来自中关村的各个产业领域，覆盖行业的上下游。一个半月的脱产学习，给他们足够的交流空间，企业家彼此之间取长补短，迸发出合作的火花。

在清华科技园发展中心董事徐井宏看来，党校培训班的作用远远大于给企业一笔补贴，"这个平台将政府的金融资源、科技资源、政策资源等介绍给企业，是一种更好的资源。"

北京纽曼腾飞科技有限公司总裁程静则认为，党校班加深了企业家彼此的信任，让合作更迅速、更高效。

这得益于党校班严格的准入条件——参加培训的学员必须是企业一把手，本人在园区内具有一定影响力，所在企业要是战略性新兴产业领域的重点企业。

　　以蒋大龙所在的学员班为例。34名企业家中，有7名上市公司负责人，3名"十百千工程"企业负责人，9名"中关村百家创新型试点企业"负责人，10名示范区"瞪羚计划"首批重点培育企业负责人和9名入选"千人计划""海聚工程""高聚工程"的创业企业负责人。

　　企业家党校班还成功探索了一种新的经济组织形式。像程静一样的民主党派人士或无党派人士占培训学员的62%，80%以上的学员来自民营企业。每期学员均成立俱乐部，定期相聚，探讨潜在的合作可能。

　　李志磊说，经过党校班培训，许多企业家站在更高的位置看待自己企业的发展，带着一种使命感去管理企业，"赚够钱之后，将企业当成一种事业在做"。

马李文博　　邹春霞　　雷　宇
（原载《中国青年报》2012年4月5日第6版）

图书在版编目（CIP）数据

你所不知道的中关村 / 中国青年报社编著. –– 北京:

中国青年出版社, 2012.5

ISBN 978-7-5153-0761-9

Ⅰ.①你… Ⅱ.①中… Ⅲ.①新闻报道–作品集–中国–当代 Ⅳ.①I253

中国版本图书馆CIP数据核字(2012)第095131号

你所不知道的中关村

中国青年报社 编著

出版发行： 中国青年出版社

地　　址： 北京市东四十二条21号

邮政编码： 100708

电　　话： （010）59521188 / 59521189

传　　真： （010）59521111

企　　划： 北京中青雄狮数码传媒科技有限公司

责任编辑： 张继媛

印　　刷： 中国农业出版社印刷厂

开　　本： 787×1092　1/16　　印张： 15.5

版　　次： 2012年5月北京第1版

印　　次： 2012年5月第1次印刷

书　　号： ISBN 978-7-5153-0761-9

定　　价： 35.00元

本书如有印装质量等问题，请与本社联系

电话：（010）59521188 / 59521189　　读者来信：reader@cypmedia.com

如有其他问题请访问我们的网站：www.lion-media.com.cn/